CITY OF
WILD BEAST

맹수의도시

CITY OF
WILD BEAST
BBULMEDIA FANTASY STORY

동은 현대 판타지 소설

7

맹수의 도시

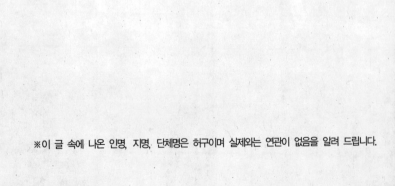

contents

1.

악마사냥

CITY OF
WILD BEAST

인간은…… 아무것도 잃을 것이 없을 때 가장 무서워진다.

도수는 손바닥을 쥐었다 폈다를 반복했다. 이제 곧 이 주먹에 또 다른 피를 묻히게 될 것이다.

그가 가장 복수를 싶은 자는 형태다. 놈의 죽었다면 시체까지도 파내어 육시를 할 것이다.

가장 궁금한 것이 하나 있다.

놈이 사랑하는 부모님, 아내, 자식들이 눈앞에서 처참하게 죽는다면 어떤 표정을 지을까.

똑같은 보복을 할까, 아니면 운이 없었다고 말하고 아픔을 간직한 채 살아갈까.

한번 놈의 반응을 보고 싶다.

어쨌든 가장 복수를 싶은 자가 형태라면 가장 죽이고 싶은 자는 현득이었다.

복수를 하고 싶은 것과 죽이고 싶은 것은 엄연히 차이가 있다.

단어에도 차이가 있고, 그 과정의 차이도 명백하다.

복수란 상대에게 비참함을 맛보게 할 수도 있고 재산을 모두 빼앗을 수도 있었다.

또한 파탄 상태를 만들 수도 있고, 아내를 취해 상대의 굴욕감을 맛보게 할 수도 있다.

복수의 종류는 다양하다.

하나, 죽음이란 말 그대로 끝이다.

어떤 말도 통하지 않고, 어떤 과정도 필요치 않았다. 죽음과 동시의 모든 것이 끝나니까.

도수는 현득이라는 자에게 죽음을 선사하고 싶었다.

정글과 같은 교도소 생활을 10년간 하면서 온갖 인간 군상들을 목격했다.

자신의 친딸을 성폭행하여 자식을 낳게 한 놈도 있었고, 재산을 노리고 어머니와 형을 죽인 후 토막 내어 산에 묻은 인간쓰레기도 있었다.

하다못해 인육을 먹기 위해 여성을 납치하여 조각낸 후 비닐 팩에 담다가 잡힌 살인마도 있었다.

온갖 추악한 자들이 모인 곳이 바로 교도소였다.

그런 교도소에서조차 보지 못한 인간이 바로 피현득이 었다.

놈은 타고난 암흑이다.

그의 이름만 들어도 온몸에서 솜털이 곤두선다. 그와 같은 하늘 아래 있는 것조차가 몸서리치게 싫었다.

같은 자석끼리는 서로를 밀어내는 것처럼……

1층에 불길이 잦아들었다.

방금 전 폭발로 인해 부하직원들이 불길에 휩싸여 큰 상처를 입었다.

평생 지워지지 않을 상처를 입었다.

살아남는다고 하더라도 제대로 살 수 있을지 걱정이 되었다.

불길이 잦아들자 도수는 뒤쪽의 깨진 창문을 이용하여 안쪽으로 뛰어들었다. 큰 덩치에 비해 움직임은 고양이 처럼 날렵하다.

귀를 기울이지 않는다면 발자국 소리도 들리지 않았 다.

"카하하하, 어서 와 봐라. 이 병신들아!"

2층에서 놈들의 목소리가 들렸다. 들리는 소리로 보아 한두 놈이 아니었다.

도수는 천천히 계단을 따라 올라갔다.

석유를 붓고 불을 질러 벽과 바닥이 온통 그을려 있었 다. 타는 냄새도 진동을 한다.

도수는 등을 붙이고 놈들이 있는 곳을 바라봤다.

모두 세 명.

바닥에는 수십 개가 넘는 화염병이 놓여 있었다. 그들은 화염병을 잡고 하나씩 밖으로 던졌다.

화염병이 떨어진 곳에서 엄청난 화염이 솟구쳐 올랐다.

마치 폭탄이 터지는 것처럼 보였다. 비명 소리도 끊이지 않는다.

아직 어려 보이는 그들은 발버둥치는 모습에 자지러지듯 웃으며 던지는 걸 멈추지 않았다.

사람 살려.

제발 그만해.

살려 주세요.

온갖 비명이 난무한다.

도수의 마음이 무거워졌다.

자신이 빠짐으로서 다른 누군가가 다쳤을 가능성이 있었다.

그것이 기현일 수도 있었고, 실연일 수도 있었다.

병원에 누워 있는 기동이 살아난 것은 거의 기적에 가까웠다.

워낙 튼튼한 몸이었기에 다행이지, 보통 사람들 같았다면 진작 죽었을 것이라고 의사가 말했다.

또다시 직원들을 잃을 수는 없다.

주먹을 꽉 쥔 도수가 움직였다.

비호처럼 빠르다.

놈들 중 누구도 도수가 자신들에게 다가오는 것을 눈치채지 못했다.

도수는 가장 가깝게 서 있던 사내의 뒷덜미를 잡았다.

"어? 뭐야."

갑작스러운 상황에 사내는 말문이 막혔다.

그는 뒤를 돌아보지도 못했다.

그의 뒷덜미를 잡은 도수가 밖으로 집어 던졌기 때문이었다.

"으아아악!"

사내의 비명이 울려 퍼졌다.

2층에서 떨어지는 것이라 크게 다치지는 않을 것이다. 머리부터 떨어져 목뼈가 부러지지 않는 한.

"크악!"

놈이 허리부터 떨어졌다.

떨어진 바닥에 무엇인가 있었는지 그는 허리를 잡고 심하게 몸을 뒤틀었다.

하지만 그의 불행은 그것이 아니었다.

들고 있던 화염병이 같이 떨어지고만 것이다.

푸하하하하하학!

불길이 솟구쳤다.

사내는 순식간에 불길에 휩싸이고 말았다. 그는 양팔

을 허우적거리며 살려 달라고 외쳤다.

하지만 그를 도와줄 사람은 아무도 없었다.

"너, 너 이 새끼! 뭐야?!"

나머지 두 명의 사내가 화염병을 들고 도수를 바라봤다.

그들도 동료 한 명이 비참하게 쓰러지는 것을 보았다. 자신들도 그렇게 되지 않으리란 법은 없었다.

도수가 빠르게 움직였다.

아직 두 명의 사내는 제대로 된 대응을 하지 못하고 있었다.

그들은 '어? 어?'만 의식적으로 외칠 뿐이었다.

도수의 몸이 한 바퀴 회전을 한다. 팔꿈치가 날카로운 칼처럼 뾰족하게 세워졌다.

도수의 경험으로 인간의 육체에서 팔꿈치처럼 강력한 무기는 별로 없었다.

팔꿈치에 맞게 되면 안면이 함몰되는 것은 일도 아니었다.

단, 리치가 무척이나 짧기 때문에 공격이 제대로 먹히지 않을 경우 반격을 당할 가능성이 매우 높았다.

그러나 지금처럼 놈들이 정신을 놓고 있는 상황이라면 한 방에 끝낼 수가 있을 터, 이보다 위협적인 무기는 없을 것이다.

빠각!

도수의 팔꿈치가 사내의 관자놀이에 명중했다.

맞는 즉시 사내의 눈동자가 풀렸다. 자신이 무엇에 당했는지도 기억하지 못할 것이다.

사내의 몸이 흐느적거리며 바닥에 쓰러졌다.

그가 들고 있던 화염병이 바닥에 떨어지고 말았다. 화염병이 폭탄처럼 터지며 사내의 전신을 휘어 감았다.

의식을 잃으려던 사내가 번쩍 떴다.

본인의 살이 타고 있었다. 살결은 빨갛게 변한다.

기포가 올라왔다.

기포는 순식간에 증발한다. 살갗이 사라지고 근육이 드러났다.

"으아아아아악! 살려 줘! 살려 줘!"

사내는 비명을 질렀다.

그를 보며 도수는 입술 끝을 올렸다.

이자는 웃으면서 화염병을 던졌다.

밑에서 수많은 사람들이 불에 타 죽는 것을 보며 무척이나 즐거워했다.

같은 편인데 양아치들의 죽음은 대부분 이들이 던진 화염병 탓이었다.

그런데 자신의 몸에 불이 붙자 살려 달라니.

너무 후안무치한 행위가 아닌가.

벌인 대로, 행한 대로, 돌려받아야 하는 것이 세상 이치.

그렇게 하지 못하기 때문에 세상이 이따위인 것이다. 당한 만큼 받아라!

"으아아아악!"

불이 붙은 사내는 계단을 뛰어 내려갔다.

물을 찾기 위해서였다.

하나, 놈들이 모든 문을 잠궜다. 당연히 문고리가 돌아가지 않았다.

사내는 문고리를 잡고 오열하더니 이내 바닥에 쓰러졌다.

불길은 한참이나 꺼지지 않고 그대로 타고 있었다. 역한 냄새가 사방으로 풍기지만 누구 하나 그의 몸에 붙은 불을 끌 생각을 하지 않았다.

그를 무심한 눈으로 바라보던 도수가 걸음을 옮겨 위층으로 올라갔다.

위에도 누군가가 서 있었다. 양아치와는 전혀 다른 분위기를 풍기는 자였다.

도수와 비슷할 정도로 큰 신장과 덩치를 가지고 있었다. 짧은 머리와 각진 얼굴은 마초와 같은 분위기를 풍겼다.

입고 있는 슈트 정장도 무척이나 깔끔했다.

차고 있는 시계, 목걸이, 구두, 와이셔츠 등 모두 명품임을 짐작하게 했다.

"마도수 씨죠? 기다리고 있었습니다."

겉모습과는 다르게 무척이나 얇은 목소리. 약간은 앵앵거린다는 느낌이 컸다.

"누구냐?"

도수는 표정 하나 바뀌지 않고 담담하게 물었다.

그런 도수의 표정이 의외인지 사내는 입술로 '호' 라는 모양을 만들었다.

"저는 송재준이라고 합니다. 피현득 씨를 보좌하는 사람이죠."

"웃기는군. 살인광을 보좌하는 놈이라니."

도수는 실소를 지었다.

놈은 완전한 사이코다.

그런 놈을 돕는 것 자체도 미친놈일 가능성이 높았다.

그러므로 이자도 제거한다.

"좋은 나라 대한민국은 돈이 최고인 나라잖아요. 법 위에 군림할 수 있는 아주 좋은 국가. 공무원도 돈, 대통령 일가친척도 돈, 경찰도 돈돈을 바라는데, 살인광이라고 무슨 상관이 있나요. 그가 돈만 잘 주면 따르는 사람은 셀 수도 없다 이 말입니다. 아, 저기서 나자빠져 있는 양아치들을 보면 알겠네요. 쟤들이 왜 사람을 죽이는지 아세요? 돈 때문이라고요. 한 사람을 납치하거나 살해하는 데 겨우 200만 원 정도만 주는데도, 쟤들은 허리까지 넙죽넙죽 숙이며 감사하죠."

"그래서 할 말이 뭐지?"

"돈이란 천사도 타락시킬 수 있다는 말입니다. 그러니 나를 비난하는 것은 옳지 않다는 말을 하고 있는 거요."

"돈이라면 지 자식도, 부모도 팔아먹을 놈이군."

"설마 그렇게까지 타락했겠습니까. 하지만 돈이 되는 것이라면 어떤 것이라도 팔 마음이 있습니다."

"나한테 그런 말을 하는 이유가 뭐지?"

"그냥……."

송재준은 어깨를 으쓱거린 후 말을 이었다.

"보스가 그렇게나 싫어하는 당신이 어떤 사람인지 한 번 말을 섞어 보고 싶었을 뿐입니다."

"놈이 나를 싫어한다라……. 이유가 있나?"

"그거야 직접 물어보시죠. 살아날 수가 있으면."

송재준이 뒤로 물러났다. 그의 옆으로 야구방망이를 든 10여 명의 사내들이 나타났다. 재준과 같이 깔끔한 슈트를 입고 있는 사내들이었다.

건물 밖에서 보았던 양아치들과는 질적으로 다르다는 것을 보는 순간 알 수 있었다.

일단, 살기.

놈들은 어정쩡한 놈들과는 차원이 다른 살기를 짙게 뿌려 댔다.

하지만 도수의 입장에서는 이 정도의 살기를 가진 자들은 넘치고 넘칠 정도로 봤다. 교도소에서, 건달들, 하다못해 상준의 호위였던 리광죽들도 저들보다 더 깊고

진한 살기를 뿌려 댔다.

당연히 겁을 먹지 않는다.

하나, 재준은 그렇게 생각하지 않는 모양이었다.

"이 바닥에서 당신의 소문은 엄청나더군요. 혼자서 수십 명을 때려눕혔다더니, 일본도를 손으로 막아 냈다더니, 거의 전설이더군요. 나참, 어이가 없어서. 허접한 것들 서너 명 때려눕히고 그런 소문이 퍼졌을 거라 여겨집니다. 제가 알기론요. 한 손이 열 손을 당하지 못합니다. 당신은 보스를 보지 못할 거예요. 그 가면…… 벗겨 드리겠습니다."

재준은 주머니에 손을 넣은 채 말했다.

그리고 뒤로 물러난 채 담배를 한 대 입에 물고 불을 붙였다.

"이 바닥에 전설이신 분이시다. 고이 보내 드려라."

사내들이 비웃음을 지으며 계단을 내려왔다. 도수는 계단을 올라간다.

싸움에서 위치의 선점이란 무척 중요하다.

특히 상대방보다 높은 위치를 차지하는 것은 승패의 큰 영향을 끼쳤다. 상대방보다 다리와 팔의 길이가 월등하게 늘어나기 때문이다.

또한 밑에서 공격을 하는 것보다 높은 위치에서 공격을 하는 것이 훨씬 더 파괴력이 있었다.

보통은 높은 위치의 상대를 끌어내기 위해 노력한다.

머릿수로 차이를 메꾸지 않는 한, 상대방의 영역에 들어가는 것은 자살 행위다.

그것이 상식.

하지만 도수는 거침없이 계단을 올라갔다. 오히려 움찔한 것은 계단을 내려오고 있던 사내들이었다.

그들은 서로를 바라보다, 함성을 내질렀다.

"죽여!"

열 명이나 되는 사내들이 우르르 몰려 내려온다.

가장 선두에 서 있는 사내들은 도수를 향해 쇠파이프와 야구방망이를 후려쳤다.

도수도 마주 보고 주먹을 휘둘렀다.

사내들은 도수가 미쳤다고 생각을 했다.

아무리 주먹을 보호하기 위해 장갑을 꼈다고 하지만, 인간의 뼈와 나무 야구방망이를 비교하는 것은 무리였다.

더군다나 밑에서 쳐올리는 힘이 얼마나 강하겠는가. 내려치는 힘이 훨씬 강하다.

빡!

뭔가가 깨치는 소리가 복도에 울렸다.

그리고 사내들은 자신의 생각이 틀렸다는 것을 깨달았다. 내려친 방망이의 중간 부분이 뚝 하고 부러져 허공을 날고 있었다.

사내는 부러진 손잡이를 잡고 황당하다는 듯이 위아래로 살폈다.

그사이 도수가 품 안으로 빨려 들어왔다.

한 손을 뻗어 사내의 멱살을 잡고 밑으로 당겼다.

나름 100㎏이 넘을 정도로 건정한 사내지만, 도수의 완력 앞에서는 어린아이가 발버둥을 치는 것처럼 힘없이 끌려왔다.

끌려오는 사내를 향해서 도수의 이마가 날아들었다.

빠각!

일격의 사내의 안면이 함몰한다.

사내는 비명도 지르지 못하고 정신을 놓고 말았다. 정신을 잃으니 몸의 힘이 쭉 빠지며 밑으로 가라앉았다.

도수는 사내의 가랑이 사이에 손을 넣었다.

"흡."

짧은 기합과 함께 사내의 육중한 몸이 들렸다.

"어? 어?"

마구잡이로 내려오던 다른 사내들이 당황하는 기색이 역력하다.

그들을 향해 들어 올린 사내를 집어 던지는 도수였다.

무심결에 동료를 받아 낸 사내들이 우르르 뒤로 무너지고 말았다.

그 틈을 타 도수는 재빠르게 자리를 바꾼다.

사내들은 아차 하는 사이 자리가 바뀌고 말았다.

이제는 그들이 도수의 밑에 있다. 사내들이 서둘러 등을 돌렸지만 이미 늦고 말았다.

도수가 가장 가까이 있는 사내의 가슴을 발로 찼다.

그는 팔을 허우적거리더니 이내 뒤로 넘어지고 말았다.

도미노처럼 그들이 연쇄적으로 넘어진다. 한순간에 아수라장으로 변한다.

가장 선두에 섰던 자들이 먼저 넘어지고, 그 위로 동료들이 덮쳤다.

우지끈, 하는 소리와 함께 뭔가가 부러지는 소리가 곳곳에서 들렸다.

도수는 계단에 떨어진 야구방망이를 들었다. 몸이 멀쩡한 사내들이 서둘러 일어서려고 발버둥을 친다.

한발 늦었다.

그들의 머리 위로 도수가 내려친 방망이가 떨어졌다.

빠각! 빠각!

머리통이 깨지면서 피가 계단과 바닥을 적셨다.

의기양양하게 내려왔던 사내들은 깨지고 부러진 육신을 붙잡고 처절한 비명을 질러 댔다.

도수가 쥔 방망이에서 피가 뚝뚝 떨어진다.

마치 야차와 같다.

어느새 비명은 멎었다.

사내들은 모두 혼절을 했는지 옅은 신음 소리만 낼 뿐, 누구도 일어나지 못했다.

도수는 피 묻은 방망이를 아무렇게나 던졌다.

건물을 가득 채운 침묵 속에서 방망이가 굴러가는 소리만 들렸다.

가장 놀란 것은 재준이었다.

그는 담배를 입에 문 채 재가 끝까지 타들어 가도 눈치를 채지 못했다.

"앗, 뜨거."

재준은 깜짝 놀라 담배를 떨어트리고 말았다. 입술 끝과 손가락 끝에 금방 물집이 생겨났다.

하나 아프다는 생각은 들지 않았다. 지금 그것에 신경을 쓸 때가 아니었다.

겨우 담배 한 대 필 시간.

담배를 다 피기도 전에 건장한, 나름 실력이 있다고 자부했던 열 명의 사내들이 속수무책을 쓰러졌다.

임기응변도 뛰어나다.

어떤 상황에서도 당황하지 않는 냉정한 판단력도 대단했다.

또한 위에서 내리치는 야구 방망이를 일격에 깨부술 엄청난 괴력을 가지고 있었다.

전설은…… 과장되지 않았다.

그는 싸움의 천재.

"이거 씨발……. 뭔가 이상하게 돌아가네."

재준도 싸움에는 꽤나 자신이 있었다.

두 명의 건달들과 시비가 붙어서 반쯤 죽여 놨던 경험

도 있었다.

하지만 세 명까지는 무리였다.

설사 도수가 엄청난 싸움꾼이라고 하더라도 네 명 이상은 무리라고 생각했다.

그가 그렇게 경험을 했기에 가능한 생각이었다.

하나, 예상은 완벽하게 깨졌다.

재준이 뒷걸음질을 쳤다. 그는 옆구리에 차고 있던 군용나이프를 꺼내 들었다.

조금 전까지만 하더라도 도수와 일대일로 붙어서 지지 않을 자신이 있었다.

세상은 거짓투성이라는 것을 그간의 경험으로 알고 있으니까.

특히 덩치가 크고 완력이 강한 조직의 보스들은 그간의 실력이 10배, 100배 뻥튀기되는 경우가 수도 없이 많았다.

본인의 입에서 나온 말도 있지만 대부분은 수하들이 조직의 보스를 칭송하기 위해서 만들어 낸 말들이었다.

재준이 그렇게 생각하는 것도 무리가 아니었다. 본래 이 바닥의 생리가 그러하니까.

하지만 소문과 완벽하게 일치하는 자는 처음으로 봤다. 아니 어쩌면 소문이 너무 말이 되지 않기에 일부러 축소를 시켰을 수도 있었다.

어쨌든 도수의 대한 판단은 크게 잘못이 됐다.

뚜벅뚜벅.

도수의 구둣발 소리가 냉랭하게 울린다. 단지 움직이는 것만으로도 서릿발처럼 기운을 뿌릴 수 있다는 것을 처음 알았다.

오한이 돋고 솜털이 곤두섰다.

"상준과 현득, 모두 위층에 있나?"

얼음처럼 차가운 기운을 뿌리는 도수답게 목소리 또한 차갑게 냉정했다.

"말을 해 주면 나는 보내 줄 텐가?"

"그러고 싶나?"

도수가 입술을 뒤틀었다.

이들은 모래성과 같다.

돈이라는 구심점이 없으면 금방이라도 허물어진다는 것을 보여 주고 있었다.

"나는 그자에게 충성을 하는 것이 아니야. 돈에 충성을 하는 거지. 만약 나를 보내 준다면 현득에 대해서 아는 모든 것을 얘기해 주지요."

"그렇단 말이지."

도수가 재준에게 천천히 다가갔다.

손에 힘을 풀고 있어 재준도 안심을 하는 표정이었다.

그는 '휴' 소리와 함께 군용나이프를 들고 있는 팔을 내렸다.

"그래, 무엇이 알고 싶은 거요. 뭐든 물어보십시오."

도수가 어깨를 으쓱거렸다. 그의 눈동자가 북극의 빙해만큼이나 차갑게 가라앉았다.

순간 재준은 속았다는 것을 깨달았다. 급히 군용나이프를 들어 올렸다.

그렇지만 늦고 말았다.

도수의 장이 박힌 주먹이 정확히 재준의 인중에 명중했다.

사람의 급소 중 하나인 인중은 잘못 맞으면 뇌사 상태에 빠질 수 있을 만큼 위험하다.

그곳을 어마어마한 악력을 지닌 도수의 주먹으로 직접 맞았으니 재준의 충격이 얼마나 클지 짐작을 할 수가 없었다.

꽈직 소리와 함께 재준의 의식은 날아가고 말았다. 그의 몸인 붕 떠서 벽면에 부딪쳤다.

"나는 너희 같은 놈들과 협상하지 않아."

*　　*　　*

상준은 안절부절 하지 못하고 자리에서 일어났다, 왔다 갔다를 반복했다.

그는 계속해서 창문으로 다가가 밖의 상황을 엿봤다.

처음부터 뭔가 꼬이는 기분이다.

수십 명의 양아치 병대들이 현율 실업 깡패 놈들에게

무자비하게 척살을 당하고 있었다.

그것을 보며 현득에게 소리 높여 말했다.

"이봐, 안심하라고 했잖아. 근데 저게 뭐야. 이러다가 놈들이 건물 안으로 들이치는 것은 금방이라고."

현득은 의자에 앉아 있었다. 그는 밖에서 무슨 일이 벌어졌든 관심이 없는 표정이었다.

군용나이프로 나무토막을 깎으며 뭔가를 만드는 일에 열중한다.

"안 들려?"

상준이 다시 외쳤다.

그제야 현득은 고개를 들고 상준을 바라봤다. 도대체 뭐가 문제냐는 표정이었다.

"저들은 이곳까지 오지 못해."

"무슨 말이야. 니 부하들이 완전히 아작 나고 있는 데!"

"그 새끼, 참 말 많네. 그냥 닥치고 지켜보기나 해."

현득은 혀를 찬 후 고개를 숙이고 다시 나무토막을 잘랐다.

현득이 그렇게 말했지만 상준은 안심이 되지 않는다.

도수가 언제 나타나서 자신의 목줄을 잡을지 알 수가 없었다.

그에 대한 두려움은 크다.

아내와 자식들도 생각나지 않았다. 그저 잘 있겠지,

라고 여길 뿐이었다.

한번도 집에 전화를 걸지 않았다. 혹여나 도수가 도청을 하고 있지 않을까 지레 겁을 먹었다.

그가 죽지 않으면 발을 뻗고 잘 수가 없었다.

밥을 먹어도 모래알을 씹는 것처럼 목구멍으로 넘어가지 않았다.

매일 밤, 악몽도 꾼다.

도수와 도영이 번갈아 나타나 그를 괴롭혔다. 편하게 잠을 자고 싶었다.

그러기 위해서는 도수가 죽는 수밖에 없었다.

무슨 수를 쓰더라도 도수의 목줄을 끊어야만 한다.

퍼퍼퍼펑!

갑자기 폭탄이 터진 것 같은 굉음이 울렸다. 건물 밖 곳곳에서 화염이 치솟았다.

수많은 사람들이 불길에 휩싸여서 비명을 질러 댔다.

누군가 현율 실업의 깡패들을 향해서 화염병 공격을 시작했다.

문제는 양아치들과 현율 실업 직원들을 가리지 않고 공격을 한다는 것이다.

사람 타는 냄새가 바람에 날려 상준이 있는 곳까지 흘러들었다.

역겨움이 치밀어 올랐다.

견디다 못한 현율 실업 직원들이 뒤로 물러났다. 그들

은 화염병의 사정거리가 닿지 않은 곳에서 욕설을 내뱉고 있었다.

상준은 도수를 찾았다.

이번 공격으로 도수가 당했다면 더 이상 이곳에 있을 필요가 없었다.

3.1운동을 펼칠 때처럼 만세를 부르며 당당하게 건물 밖으로 나갈 것이다.

현율 실업의 구심점은 도수.

그가 없으면 나머지는 오합지졸일 뿐이다. 상준은 그렇게 생각했다.

하지만 도수는 보이지 않았다.

그러고 보니 아까부터 도수가 보이지 않는 듯하다.

퍼퍼퍼펑!

얼마 시간이 지나지 않아 건물 안에서 폭음이 터졌다. 누군가 불길에 휩싸여 건물 밑으로 떨어졌다.

더 이상 화염병이 던져지는 일은 없었다.

"피현득, 건물 안으로 누가 잠입한 것 같아."

상준은 바보가 아니다.

머리가 꽤나 좋고 잔인한 성품을 지니고 있었다.

어떤 식으로 판이 돌아가는지 한 번만 보면 대충 알아차릴 수 있는 능력도 있었다.

하지만 도수라는 강적을 만나 대담함이 상당히 줄어들었다.

몇 번이나 똑같은 일을 반복하다 보니 도수 노이로제의 걸리고 만 것이다.

혹여 도수가 건물 안으로 침입하지 않았을까 생각하며 현득에게 소리친 것이다.

"그래? 잘됐네."

"뭐? 잘되긴 뭐가 잘돼! 도수가 올라오고 있을 수도 있단 말이다!"

"그러니까 잘됐다고. 어차피 이번 게임은 내가 잡히느냐, 도수를 잡느냐다. 그리고 그에 대비는 충분히 해 놨다."

"그, 그래? 믿어도 되나?"

"믿지 않으면 어쩔 건데. 네가 무슨 능력이 있나? 너와 내가 같은 공간에 있는 것은 단지 한 배를 탔기 때문이야. 동창생? 까고 있네. 입 닥치고 그냥 내가 하는 일이나 지켜봐."

현득은 상준을 향해 막말을 퍼부었다.

그도 무척이나 짜증이 나 있던 참이다.

사실 그는 도수를 슬슬 사냥을 해 가며 잡을 생각이었다.

놈이 어떤 식으로 발버둥을 치며 죽어 갈까 생각하는 것만으로도 사타구니가 뻐근할 정도였다.

하지만 뭔가가 미묘하게 어긋났다.

조금씩 어긋나던 계획은 현재 완전히 빗나가고 말았다.

현득은 도수의 능력을 인정해야만 했다.

인간의 한계를 벗어난 압도적인 육체의 힘은 어떤 양아치들을 써도 잡을 수가 없었다.

놈은 사자였다. 우리에서 벗어난 사자가 자신을 잡기 위해 주변에서 어슬렁거렸다.

상황이 역전됐다.

이제는 자신이 쫓기는 처지였다.

더 이상 쫓기면 사자에게 목덜미를 물어뜯긴다. 이렇게 계속 수세적인 입장으로 나갈 수는 없었다.

현득은 함정을 팠다.

도수가 직접 뛰어들 수밖에 없는 함정을.

자신이 직접 미끼가 된다. 놈은 군침을 흘리며 다가올 것이다.

예상대로 놈은 혼자서 건물 안으로 뛰어들었다.

건물 밖에서 난리를 치고 있는 수많은 놈의 부하들은 단순한 눈가림일 뿐.

이제 도수와 끝장을 봐야 할 시간이었다.

현득은 조각을 멈췄다.

그의 손에 들린 조각은 꽤나 잘 만들어져 있었다. 사람을 조각했다.

눈과 코, 입이 또렷하다.

사내였다. 누구를 생각하고 조각을 했는지는 현득만 알 것이다.

그는 조각의 머리를 잡고서는 밑으로 당겼다. 뚝 하고 부러졌다.

잘린 머리를 멀리 던졌다. 벽에 부딪친 머리는 데굴데굴 굴러 바닥에 떨어졌다.

등을 돌린다.

그의 앞에는 커다란 문이 있었다.

문밖에서 뭔가 부딪치는 소리가 들렸다. 온갖 비명과 부러지는 끔찍한 소리들.

"재, 재준이가 막고 있는 거냐."

현득의 옆으로 상준이 슬그머니 다가왔다.

아무리 현득이 상준 무시한다고 하더라도 믿을 수 있는 자는 그뿐이었다.

도수의 숨이 끊어지는 것을 확인하기 전까지 현득의 옆에서 떨어질 생각은 없었다.

"……"

현득은 대답하지 않았다.

뚫어지게 문을 쳐다볼 뿐이었다.

으아아아악, 살려 줘! 내 다리!!

아, 안 돼!!

온갖 비명이 난무한다.

점점 비명의 소리가 줄어들었다. 이윽고 문밖에서는 아무런 소리도 들리지 않았다.

채각채각.

시간이 갔다.

짧은 시간이지만 영원처럼 길게만 느껴졌다.

상준의 이마에서는 식은땀 한 방울이 흘러내렸다.

문 밖에서 차가운 냉기가 느껴졌다.

뭔가가 곧 나타난다. 그 무엇은 두 번 생각할 필요도 없었다.

맹수가 온다.

모든 것을 잃어 온몸이 독기로만 채워진 맹수가, 한 발, 한 발, 이빨을 드러내어 다가오고 있다.

스륵.

지금까지 담담하게 앉아 있던 현득도 자리에서 일어났다.

문밖의 맹수를 상대로 앉아서 여유를 부릴 수는 없었을 것이다.

꿀꺽.

마른침이 넘어간다.

콰콰콰콰쾅!

문이 포탄에 맞은 것처럼 부서졌다. 부서진 문의 나무 조각들이 사방으로 흩어졌다.

이런 식으로 무대포처럼 밀고 올지 몰랐던 상준과 현득의 뒤로 물러났다.

그들의 손에 칼을 쥐고 부서진 문 사이로 도수가 나타나길 기다렸다.

부서진 문에서 사람이 휙 던져져 시멘트 바닥에 나뒹굴었다.

재준이었다.

문을 부순 것도 다름 아닌 재준의 머리였다.

머리의 한쪽 부위가 움푹 들어가 눈을 뜨고는 볼 수가 없었다. 안면도 마찬가지였다.

도수에게 당했는지, 문을 부수며 그렇게 됐는지는 모르지만, 얼굴은 심하게 훼손이 되어 있었다. 살아 있는 것만 하더라도 기적이다.

부서진 문 너머로 도수가 나타났다.

붉은 눈이 빛나고 있다고 착각을 여길 정도다.

그가 들어서자 사납고 차가운 기세가 공간을 가득 메운 것 같았다.

"쥐새끼들처럼 여기 있었군."

도수의 낮은 저음이 상준과 현득의 고막을 파고들었다.

섬뜩하고 낯선 음성.

그가 무척이나 분노하고 있다는 것을 알 수가 있었다.

"숨긴 누가 숨어! 씨발 새끼야!"

울컥한 상준이 사납게 짖어 댔다.

그의 말에 대꾸도 하지 않은 도수가 현득을 바라봤다. 본 적이 없는 얼굴이다.

아니, 본 적이 있다고 하더라도 뒤돌아서면 전혀 기억이

나지 않을 그런 얼굴을 하고 있었다.

과거에 그와 어떤 연관이 있었다고 하더라도 도저히 기억을 해내기란 얼굴이었다.

평범하고 특징도 없었다.

"네가 피현득……."

"맞아."

현득은 어깨를 으쓱거리며 말했다.

"유령이라…… 그 말대로야. 정말 희괴한 상판이야."

도수는 비릿하게 웃었다.

경인철과 기현은 양아치들을 신문하여 피현득의 몽타주를 작성했다.

하지만 어찌 된 일인지 그들은 피현득의 얼굴을 정확하게 잡아내지 못했다.

희미한 안개 속에서 무작정 손을 내밀어 어떤 형상을 짐작할 수밖에 없는 말들뿐이었다.

"당신처럼 우악스럽게 생긴 것보다 훨씬 낫지."

현득도 따라 웃었다.

하지만 도수가 웃는 것과는 근본적인 웃음이 달랐다.

그의 웃음에는 어떤 감정도 들어 있지 않았다.

그저 입이 있기 때문에 웃는다.

그런 느낌이 강하게 들었다.

"어쨌든, 너와 상준. 나는 너희들에게 물어볼 것이 아주 많아. 그러니 머릿속에서 여러 말들을 생각해 둬야 할 거야."

도수가 앞으로 나섰다.

흠칫 놀란 상준이 뒷걸음질을 쳤다.

그의 힘으로는 도수를 당할 수 없다는 것을 알고 있다.

일초지적도 되지 않는다. 그것은 그간의 경험을 통해서 잘 알고 있었다.

쇠파이프를 들건, 야구방망이를 들건, 사시미를 들건, 일본도를 들건, 아무것도 통하지 않는다.

도수를 잡으려면 총밖에 없었다.

총밖에…….

상준의 눈동자에 총이 보였다.

현득이 품에서 꺼낸 총으로 도수를 겨눈 것이다.

전혀 예상하지 못한 상황이다. 당황한 것은 도수도 마찬가지였다.

설마 현득이 총을 가지고 있을 줄이야.

놈이 가진 총은 38구경 6연발 리볼버 권총이었다.

"진짠가?"

도수가 걸음을 멈추고 물었다.

"이거? 당연히 진짜지. 구하는 데 꽤 고생했다고. 당신 같은 괴물을 상대하려면 이 정도는 준비해야 하지 않겠어. 아아, 움직이지 않는 것이 좋을 거야. 아무리 명중률이 낮아도 이 저도 거리에서는 백 퍼센트 맞출 수가 있으니까."

현득이 이죽거렸다.

"현득, 정말 대단하다! 언제 이런 것을 준비해 놓고 있었지?"

상준은 상기되어 소리쳤다.

"넌 입 닥치고 찌그러져 있어! 그분만 아니었으면 진작 머리통을 박살 냈을 테니까!"

상준을 바라보며 짜증 섞인 말을 뱉어 내는 현득이었다. 그는 총구를 도수에게 겨눈 채 손목을 까닥거렸다.

"어이, 당신, 아니, 도영이의 형. 손을 뒤로 하고 무릎 꿇어. 머리에 구멍 나기 싫으면."

"싫다면."

"싫어?"

상준이 방아쇠를 당겼다.

'탕' 소리가 나며 도수의 발밑에서 불꽃이 튀었다.

혹시나 했지만 진짜로 리볼버였다.

놈이 어디서 총을 구했는지는 모르지만 맞으면 죽는다는 것은 확실해졌다.

"나를 시험하지 마. 내가 어떤 놈인지 잘 알잖아? 어서 꿇어."

어쩔 수가 없었다.

도수는 손을 뒤로 하고 무릎을 꿇었다.

놈은 지금 자신을 어떻게 죽여야 할까, 고민하고 있는 모습이다.

사람을 죽임으로써 쾌감을 느끼는 정신병자 새끼.

바로 쏴 버렸으면 아무리 도수라고 하더라도 죽음에서 벗어날 수가 없었다.

하지만 놈의 성적인 취향 덕분에 목숨을 연장할 수가 있었다.

"너는 가서 저 인간 팔을 묶어. 단단히 묶어야 한다. 절대로 풀 수 없게."

현득은 상준에게 케이블 타이를 가져올 것을 시켰다. 그리고 그것으로 도수의 양팔을 묶으라고 말했다.

케이블 타이는 뭔가를 묶을 때 쓰는 공구의 일종이다. 한 번 당기면 어지간해서는 풀리지 않는다.

종종 경찰들이 수갑 대용으로 쓸 정도로 사람의 힘으로는 끊기가 어려웠다.

상준은 케이블 타이를 들고 도수에게 조심스럽게 다가갔다.

지금은 도수가 움직일 수 없다는 것을 안다. 하지만 상준은 소심해 보일 정도로 무척이나 조심스러웠다.

목줄이 걸려 있는 사자에게 다가가는 느낌이다.

상준은 도수의 뒤로 돌아가 팔목에 케이블 타이를 묶었다.

"돼, 됐어."

그제야 한숨을 내쉬며 상준이 말했다.

"좋아. 그럼 이제 일어나."

도수가 꿇고 있던 무릎을 펴서 일어났다.

그런 도수를 보며 현득은 양쪽 입술 끝을 올렸다. 가공할 위력을 보이며 부하들을 쓰러트렸던 도수가 저런 몰골로 있는 것만으로도 기분이 좋아서 미칠 것 같았다.

그렇지만 안심은 할 수가 없었다. 워낙 사나운 존재가 아니던가.

조금씩, 야금야금 먹어 줄 테다.

팔목이 뒤로 꺾여 제대로 움직일 수 없는 상태임에도 도수는 전혀 흔들림이 없었다.

그런 도수를 보자 좋았던 기분이 곤두박질을 쳤다.

"어이, 도수 씨, 이제 게임은 끝났어. 내가 승자고, 당신이 패자야. 그러니까 패자는 패자답게 눈물을 흘리면서 살려 달라고 빌란 말이야."

"누가 패자라고?"

"너 말이야, 너!"

"내가 왜 패자지?"

"이 새끼가 나랑 말장난을 하나. 당장 머리통에 구멍을 내줄 수가 있어. 좋아, 셋을 세지. 셋을 셀 동안 살려 달라고 빌어. 빌면 살려 줄 수도 있어. 물론 평생 불구로 살아야 하겠지만."

"그럼 나도 셋을 세지. 셋을 세고 난 후 네 목줄을 따 주겠다."

"개새끼가. 좋아, 그럼 한 번 세 보자고."

현득은 총구를 도수에게 향했다. 그리고 입을 열었다.

"하나."

도수도 똑같이 입을 열었다.

"하나."

"둘."

"둘."

"셋."

"셋."

셋을 세는 순간 도수가 허리를 숙였다. 그와 현득의 사이에 상준이 끼고 만 것이다.

"이런 씨발 병신 새끼! 당장 안 비켜?!"

현득은 상준을 향해서 모욕적인 욕설을 내뱉었다.

상준은 어찌할 바를 모르고 고개를 좌우로 흔들었다. 사채업계에서 나름 잔뼈가 굵었던 모습이라고는 보이지 않을 정도로 바보 같은 행동이었다.

도수는 그런 상준을 보며 양쪽 입술 끝을 밀어 올렸다.

얼굴의 표정이 무척이나 살벌하게 변해 갔다.

"어이, 상준이. 겨우 이런 걸로 나를 잡아 놓을 수 있다고 생각한 거냐. 나를 잡으려면 강철로 된 수갑이라도 가지고 와야지."

도수가 양팔의 힘을 주었다.

뚜두두둑—

괴력을 자랑하는 인간이라도 끊을 수가 없다는 케이블

타이가 너무도 손쉽게 끊어지고 말았다.

케이블 타이를 끊은 도수의 팔이 상준의 목덜미를 낚아챘다.

"커헉!"

갑작스럽게 변한 상황에 상준은 제대로 된 대처를 하지 못했다.

맥없이 도수에게 목이 잡히고 말았다. 그는 숨이 막히는지 연신 심한 기침을 해 댔다.

"저런 병신 새끼! 빨리 고개 숙여!"

현득의 말대로 고개를 숙이고 싶다. 아니, 무슨 수를 쓰더라도 도수의 손에서 빠져나가고 싶었다. 하지만 뜻대로 되지 않는 것을 어쩌란 말인가.

상준의 목을 부여잡은 도수는 현득을 향해서 그대로 달려 나갔다.

상준이 방패가 되어 있어 제대로 조준을 하기가 무척이나 어려웠다.

현득은 도수를 맞추기 위해서 이리저리 총구를 돌렸다. 하지만 정확하게 맞춰지지가 않았다.

도수의 넓은 어깨가 시야에 잡혔다. 현득은 지체 없이 방아쇠를 당겼다.

탕!

"으아아아악! 내 어깨! 내 어깨!!"

잘못 맞췄다.

현득이 쏜 총알은 상준의 어깨를 관통했다. 총알을 어깨를 뚫지 못하고 박힌 듯하다. 상준은 어깨를 부여잡고 고래고래 비명을 질러 댔다.

"시끄러! 병신 새끼야!"

현득이 소리를 질렀지만 상준은 비명을 멈추지 않았다.

도수는 남은 한 손으로 상준의 사타구니를 잡았다. 그러고는 머리 위로 들어 올려 현득에게 집어 던졌다.

공깃돌처럼 가볍게 던져졌다. 상준은 머리부터 날아가 현득을 덮쳤다.

현득은 커다란 덩치의 상준을 피하지 못했다. 둘은 같이 바닥에 뒤엉키고 말았다.

충격으로 현득의 손에서 총이 떨어졌다.

"이런, 내 총! 상준이 개새끼야,. 빨리 안 나와?!"

현득은 배 위에 엎어진 채 의식을 잃은 상준을 발로 차 냈다.

하지만 그 짧은 시간은 도수에게 기회를 주고 말았다. 어느새 다가온 도수가 현득의 머리위에 우두커니 섰다. 그의 눈과 현득의 눈이 마주쳤다.

"이제는 내 차례인가."

도수가 망치를 찍듯이 주먹을 현득의 안면 위로 내려 찍었다.

쾅!

2.
독버섯

CITY OF
WILD BEAST

"으으음."

현득은 신음을 흘리고 있었다.

정신이 깨어나니 안면이 부서진 것처럼 아파 왔다.

코가 욱신욱신거리고, 이빨 사이는 휑했다.

혀로 입안을 훑었지만 입안에 이빨이 잡히지 않았다.
아니, 어금니는 느껴졌지만 앞이빨이 모조리 사라졌다.
입안에서 피가 줄줄 흘렀다.

그뿐만이 아니었다.

눈알이 터진 것처럼 아파 왔다.

아직 눈알이 남아 있다는 것을 안 것은 앞이 희미하게
보인다는 것이다.

상준이 이 멍청한 자식.

속이 부글부글 끓었다. 그놈만 아니었다면 도수의 목줄을 끊을 수가 있었다. 하필 앞에서 가로막는 바람에 놈을 맞추지 못했다.

진작 상준이 놈부터 처리를 했어야 했었다. 놈의 목숨을 살려 둔 것이 천추의 한으로 남았다.

"일어났나 보군. 생각보다 일찍 일어났어. 3분만 더 기다려 보고 계속 자빠져 있으면 불장난 좀 치려고 했는데. 조금 아쉽군."

도수의 낮은 음성이 들려왔다.

현득은 천천히 고개를 들었다.

그의 앞에는 팔짱을 끼고 있는 거구의 도수가 비릿한 미소를 지으며 서 있었다.

주변을 훑었다.

바닥에는 피를 흘리며 의식을 잃고 있는 상준이 자빠져 있었다.

바닥에 흥건한 것으로 봐서는 꽤나 많은 피를 흘린 듯하다.

현득은 의자에 앉아 있었다.

철컹철컹.

팔을 당겨 봤지만 움직이지 않았다. 도수의 팔에 묶었던 케이블 타이였다.

그가 몇 번이나 당겨 봤지만 꼼짝도 하지 않는다. 젖 먹던 힘을 다해 봐도 마찬가지였다. 오히려 팔목이 더욱 조여지며 살갗이 까졌다.

도저히 힘으로는 끊을 수가 없었다.

도수는 이것을 단순히 힘만으로 뜯어 버렸다고?

정말 괴물과 같은 힘이었다.

현득은 벌어지지 않는 입을 억지로 열며 말했다.

"퉤, 좋겠군. 나를 사로잡아서."

"아, 좋지. 이제야 모든 진실을 들을 수가 있을 테니까."

"웃기는군. 내가 말을 할 것이라 보는가."

"물론."

"개소리."

현득은 도수를 향해서 침을 내뱉었다. 피가 섞인 침이 날아가 도수의 뺨에 묻었다.

도수는 전혀 기분 나빠 하지 않는 표정으로 침을 손바닥으로 닦아 냈다.

"너 나 알고 있나?"

가장 궁금한 것이었다. 왜 이자는 치가 떨릴 정도로 자신을 노렸을까.

"큭큭, 당연히 알고 있지."

"나는 너를 모르는데."

"흥, 그럴 테지. 난 학교를 다닐 때도 눈에 거의 띠지 않는 존재였으니까."

"학교?"

"그래, 학교."

"나랑 같은 학교인가?"

"맞아. 더 정확하게 얘기해 주지. 당신 동생 도영과 같은 반을 다녔기도 해."

도수의 미간이 좁아졌다. 설마 이놈은 상준과 같이 도영의 친구였던 것일까.

"도영의 친구였나?"

"크크크, 친구라……. 그것은 서로를 의식했을 때 성립되는 관계야. 나와 도영은 같은 반이기는 해도 서로에 대해서 거의 아는 것이 없었어. 하지만 나에게는 빛과 같은 아이였지."

얘기가 이상하게 흘러갔다.

놈과 도영은 어떤 식으로든 분명 관계가 있다. 상준도 마찬가지고.

하지만 그의 얘기를 듣고 있자니 도영에 대한 분노는 없는 듯했다.

"나에 대한 집착은 어떻게 된 것이지?"

"크크크, 이봐. 도수 형."

현득이 실소를 지으며 도수를 불렀다.

"말해."

도수는 담담하게 대답했다.

아직까지는 놈이 순순히 대답을 하고 있었다. 놈이 입을 닫는 순간 끔찍한 지옥을 맛보게 될 것이다.

아직까지는…….

"당신은 나를 봤을 때 어떤 느낌이었나?"

"이해가 가지 않는군."

"반갑고, 친근하고, 호감이 가고, 꼴 보기 싫고, 역겹고, 짜증나고, 많은 감정이 있잖아. 나는 말이야…….당신을 처음 봤을 때부터 죽이고 싶었어. 언제부터냐고? 고등학교 시절에 당신을 처음 봤을 때부터 말이야."

"미친 새끼."

"것 봐. 당신도 나와 같은 느낌을 받았을걸? 얼굴을 보기 전부터 나에 대한 미움이 싹 텄을 거야. 왜냐고? 왜냐…… 본인에게 한 번 물어봐!"

"무슨 개소리를 하는 거냐."

"큭큭큭, 그건 당신과 내가 같은 동류라는 거지. 깊은 어둠을 내제한 사람을 죽이지 않고는 살아갈 수 없는 존재!"

"개소리를 하는군."

도수는 입술을 비틀었다.

더 이상 놈과 말을 섞어서 안 될 것 같았다.

가장 두려운 것은 놈의 말에 자신도 모르게 공감을 느끼고 있다는 것이다.

놈의 말에 현혹이 되어서는 안 된다.

"딱 하나만 물어보겠다. 그 이외에 대답은 듣지 않는 걸로 하지."

"뭐?"

"도영이 어디에 있어."

도수는 현득의 코앞까지 얼굴을 내밀었다.

현득은 다시 도수의 얼굴에 침을 뱉었다.

도수는 눈 하나 깜짝 하지 않았다.

그런 도수의 눈동자에서 현득 못지않은 광기가 서리고 있었다.

"도영이 어디 있어."

다시 물었다.

"내가 어떻게 알아! 씹새끼야!"

"다른 사람은 몰라도 너와 상준은 알아야지."

"몰라! 상준이한테 물어봐!"

"그렇지 않아도 곧 그럴 생각이야. 일단 너부터……."

도수는 허리를 폈다.

그의 손에는 현득이 떨어트린 총이 들려 있었다. 회전식 탄창, 실린더에서 총알을 빼냈다. 한 발을 쐈으니 다섯 발이 남았다.

도수는 한 발을 실린더에 넣고 손바닥을 쳤다.

실린더가 '촤르르' 소리를 내며 회전했다.

"자, 그럼 우리도 영화의 한 장면을 흉내 내 보자고. 러시안 룰렛이라고 알지? 얼마나 스릴이 넘치는지 한 번 해 보자."

"지랄…… 읍읍!"

현득은 더 이상 말을 잇지 못했다.

그의 입속으로 권총이 총구가 박혀 들어왔다. 얼마나 강하게 넣었는지 남은 이빨들이 부러져 나갔다. 도수는 총구의 뿌리까지 목구멍 사이로 밀어 넣었다.

차가운 총구가 목구멍에 박혔다.

총구가 목구멍을 막고 있어 현득은 숨을 쉬기가 어려웠다.

"자, 나는 질문하고 너는 대답한다. 간단한 규칙이지. 그리고 네가 제대로 된 답을 하지 않는다면 나는 방아쇠를 당긴다. 확률은 1/6이야. 알겠나?"

"읍읍읍."

현득은 사납게 눈을 부라리며 고개를 좌우로 흔들었다. 난 아무것도 모르니 말을 하지 않겠다, 라고 항변을 하는 듯했다.

하나, 그는 아직 도수를 모른다.

"도영이 어디 있나?"

"읍읍읍읍."

현득은 세차게 고개를 흔들었다.

"그래?"

도수는 망설이지 않고 방아쇠를 당겼다.

바로 코앞에서 방아쇠가 당겨지는 것이 보인다. 설마, 설마 하는 마음에 현득이 눈동자도 점점 커져 갔다.

도수의 손가락은 끝까지 당겨졌다.

철컥, 소리와 함께 공이가 허공을 때렸다.

"허허허헉. 허헉헉헉. 읍읍."

1초도 되지 않는 시간이었다.

인생 전체의 비해서 하루살이만큼도 되지 않는 무척이나 짧은 시간.

하지만 그것은 현득에게 있어서 가장 긴 시간이기도 했다.

죽는다면 그뿐이라고 여겼다. 잠깐의 고통만 참으면 끝이라고 생각했다.

그저 머리에 구멍이 나서 흙이 되어 버리면 그만이니까.

그러나 막상 입안에 총구가 들어오자 미묘하게 뭔가가 달라졌다.

생각하기도 싫었던 과거가 떠올랐고, 희미한 얼굴의 부모님이 또렷하게 기억난다.

나는 죽는 건가? 이렇게?

갑자기 다리의 힘이 풀렸다.

본인의 의지와는 상관없이 등줄기에서 식은땀이 생겨나 줄줄 흘러내렸다. 이마에서도 송골송골 땀이 맺혔다.

"운이 좋았군."

도수는 빙그레 웃었다.

그 웃음이 악마처럼 여겨졌다.

이래서 이자를 악착같이 죽이고 싶었던 것이다.

자신과 같은 어둠에서 사는 존재.

도수와 자신이 다른 점이 있다면 그것은 누구를 만났느냐는 것이다.

도수의 주변을 보면 알 수 있었다. 이자의 주변에는 기이할 정도로 좋은 사람들이 넘쳤다.

하지만 현득이 세상에 나와서 알게 된 자들은 상준과 같은 인간쓰레기들뿐이었다.

너와 나의 다른 점은 그것뿐이야! 라고 현득은 외치고 싶었다.

그러나 도수는 그의 마음을 듣지 못한다.

그는 현득을 향해서 다시 한 번 물었다.

"내 동생 어디 있어?"

도수는 현득의 입에서 총을 빼내며 물었다.

"크하하하, 좋구나! 오줌이 찔끔거릴 정도로 무서워! 그래도 말이야, 나는 말을 하지 않을 거야! 크하하하! 죽여 봐! 평생 도영이를 찾아서 헤매 봐라!"

현득의 눈동자에서 불꽃이 튀었다. 점점 이성을 상실하고 광기에 젖어들고 있었다.

"좋아. 총알이 두개골을 뚫고도 그런 말을 하나 보자고."

꽈직!

도수는 현득의 입에 차가운 총구를 강제로 밀어 넣었다. 입안에서 피가 사정없이 튀었다. 도수는 그의 턱을 잡고 고개를 들어 올렸다.

손아귀에 힘을 주자 턱뼈에서 '우드득' 거리는 소리라 들렸다.

턱뼈마저 부러지고만 것이다.

"자, 공포의 극한을 보여 주지. 네놈들이 내 동생에게 한 짓보다 몇 배나 더 되는⋯⋯."

현득의 눈초리도 매서웠지만 도수의 눈빛은 그보다 더 하면 더 했지 덜하지는 않았다.

금방이라도 현득의 목을 물어뜯을 것만 같은 사나운 맹수의 눈빛을 하고 있었다.

도수는 손가락을 방아쇠의 넣었다.

그의 입술 끝이 한쪽으로 치켜 올라갔다.

천천히⋯⋯ 무척이나 천천히 방아쇠를 당긴다.

그 움직임이 너무도 느려서 현득의 뇌리를 마비시키고 있었다.

쏴! 쏘라면 빨리 쏘란 말이다!

현득은 미친 듯이 외쳤다.

방아쇠에서 총알이 나와 뇌를 파헤치는 영상이 떠올랐 다.

고통은 무척이나 짧을 것이다. 그 짧은 고통을 감당해 낼 수 있을까.

두려웠다.

도수의 손가락이 끝까지 당겨졌다.

찰칵!

다시 한 번 공이가 허공을 때렸다.

"흡흡흡흡."

현득은 거칠게 숨을 내쉬었다.

그의 바지 밑단에서는 노란색 액체가 흘러나오고 있었다.

자신도 모르게 오줌을 지리고 말았다. 역한 지린내가 심하게 풍겼다.

머리로는 이겨 낼 수 있다고 여기지만, 육체가 공포에 젖어서 비명을 지르고 있었다.

사지가 바들바들 떨려 왔다.

"새끼가, 강한 척을 하더니⋯⋯. 꼴이 우습군."

도수는 그런 현득을 보며 이죽거렸다.

인간의 목숨을 개처럼 다루던 현득이 본인의 목숨은 끔찍이도 아끼고 있는 것이다.

"이제 네 번 남았군. 네가 죽을 확률은 25퍼센트야. 신께 기도해 보라고."

도수는 방아쇠에 손가락을 얹었다. 손가락이 움직이자 현득은 숨이 막히는 듯한 통증을 느꼈다. 아니, 정말로 숨을 쉬지 못했다.

심장이 터질 것처럼 아파 왔다.

"으가가가."

입에서 괴이한 말이 튀어나왔다.

도수는 그런 현득을 보며 잔인한 미소만 지을 뿐이었다.

말을 해야 하나, 말을 하면 놈은 자신을 살려 줄 것인가. 아니다.

놈이 자신을 살려 줄 의리 따위는 눈을 씻고 찾아봐도 없었다.

대신 가지고 놀지는 않을 것이다. 최소한 빠르고, 간결하게 죽여 주겠지.

차라리 그렇게 죽는 것이 나았다.

그 순간 도수의 방아쇠가 당겨졌다.

철컥.

"흐허허허허헉, 흐허허허헉."

현득은 거칠게 숨을 쉬었다. 총구에서 총알을 본 것 같은 착각을 일으켰다.

이번에는 정말로 죽는 줄 알았다. 차라리 죽었으면 나았을 텐데…….

"넌 운이 무척이나 좋아. 이제 세 번 남았군. 확률적으로는 33퍼센트야. 하지만 누구 좋으라고 그렇게 쉽게 보낼 수는 없지."

이건 또 무슨 소린가.

현득은 심장이 덜덜 떨려 왔다. 도수는 또 다른 짓을 그를 괴롭힐 심산이었다.

도수가 현득의 입에서 총구를 빼냈다.

그리고 실린더를 옆으로 **빼낸** 후 손바닥으로 돌렸다. 실린더가 '차르르' 소리를 내며 회전했다.

"처음부터 다시 해 보자고."

현득의 눈동자에서 좌절이 섞여 나왔다.

공포가 극에 달했다.

무척이나 짧은 시간이지만 이제껏 현득이 겪었던 어떤 시간보다 길고 고통스러웠다.

그것을 다시 한 번 맛보라고 하는 것은 미치라고 하는 것과도 별반 다르지 않았다.

도수는 현득의 입에 총구를 쑤셔 넣었다.

총구는 그의 목구멍 깊숙한 곳까지 파고들었다. 머리를 부수는 것이 아니라 목구멍이 터질지도 몰랐다.

어쩌면 죽지 않을 수도 있었다.

도수는 그를 말려 죽이려고 한다.

현득은 고개를 좌우로 흔들었다.

더 이상 버틸 수가 없었다.

만에 하나 그가 죽지 않는다면 또다시 처음부터 시작하고도 남을 놈이었다.

죽고 싶지는 않으나 죽는다면 최대한 빨리 죽고 싶었다. 고통 없이.

말을 하겠다! 말을 하겠다고!

"왜 그래? 죽어도 말을 하지 않는다고 하더니. 말을 할 마음이 들었나?"

도수의 말에 현득은 고개를 끄덕였다.

도수는 피식 웃으며 그의 입에서 총구를 빼냈다.

"말해 봐."

"허억, 허억. 모든 것은 하나에서부터 시작해. 따로 떨어트려 놓고 볼 이유가 없다고."

현득은 알 수 없는 말을 지껄였다.

도수는 전혀 이해가 가지 않았다.

따로 떨어트려 놓고 보지 말라고? 무엇을? 도영은 가까운 곳에 있다는 말일까.

"무슨 말이야. 자세히 얘기해!"

도수는 현득의 멱살을 잡고 흔들었다.

이제 곧 도영의 행방을 알 수 있게 된다고 하니 흥분이 되었다. 얼마나 오랫동안 동생을 보고 싶었던가.

제발 살아만 있어다오!

도수는 간절히 외쳤다.

"너의 엄마의 죽음 그리고 도영의 실종……."

"우리 엄마의 죽음과 도영의 실종이 관계가 있는 것이냐! 어서, 어서 말을 해!"

"넌 처음부터 단추를 잘못 끼웠어. 따로따로 떨어트려 놓고 볼 사안이 아니라고."

현득의 숨이 가라앉았다.

그는 도수가 똑똑히 들을 수 있도록 또박또박 말을 이어 나갔다.

"그러니⋯⋯."

그때였다.

갑자기 날아온 날카로운 칼이 현득의 목을 꿰뚫었다. 목은 정맥과 동맥을 잘라 버렸다. 그의 입에서 피거품이 흘러나왔다.

"이, 이봐! 피현득!"

놀란 도수가 쓰러지는 현득을 붙잡았다.

그의 눈가가 파르르 떨렸다.

입을 달싹달싹 거렸지만 단어라고 할 수 있는 말은 흘러나오지 않았다.

사지가 부들부들 떨리더니 이윽고 완전히 멈췄다.

즉사였다.

"어떤 개새끼가⋯⋯!"

분노한 도수가 칼이 날아온 방향을 바라봤다.

그곳에는 상준이 있었다.

어느새 정신을 차려 자리에서 일어나 현득의 목에 칼을 꽂아 넣은 것이다.

"씨발, 어디서 함부로 입을 지껄여. 병신 새끼."

상준은 바닥에 쓰러진 채 숨을 거둔 현득을 향해 침을 뱉었다.

날아간 침은 현득의 얼굴에 붙었다. 죽은 자를 모독하는 후안무치한 행위였다.

"너⋯⋯ 상준이⋯⋯."

도수는 그런 상준을 무서운 눈으로 바라봤다.

피현득이 워낙 악랄한 자이기에 상준을 조금 무시한 경향이 있었다.

그는 피현득에 붙어서 가까스로 생명을 유지하는 기생충이나 다름없었으니까.

그런데…….

설마 놈이 직접 현득의 목을 칠 줄이야.

전혀 예상하지 못한 일이었다.

그리고 또 하나.

현득이 뭔가를 말하기 전, 상준이 그의 목줄을 끊었다.

왜?

도수가 알아서 안 될 문제이거나, 누군가의 이름이 나와서는 안 될 문제일 것이다. 둘 중에 뭐가 정답인지는 알 수가 없었다.

그렇다면 직접 상준을 다그쳐 입을 열 수밖에 없었다.

도수는 상준을 향해서 성큼성큼 걸어갔다.

상준은 그런 도수를 보며 비릿하게 웃었다.

"씨발 새끼, 내가 좆 나게 만만해 보이나 보지? 나 같은 건 언제라도 잡을 수 있다고 생각한 모양인데. 엿 먹으라고 씨발 새끼야."

상준은 뒤를 향해서 뛰기 시작했다. 그는 곧바로 창문을 향해서 뛰어들었다.

와장창!

창문이 박살이 난다. 깨진 창문 사이로 상준의 몸이 빠져나갔다.

"미친!"

이곳은 5층이다.

5층에서 뛰어내리면 열 중 아홉은 죽는다. 간신히 살아남는다고 하더라도 다리와 허리에 골절이 올 가능성이 높았다.

더군다나 건물 밖에는 현율 실업 직원들이 이를 갈며 대기하고 있었다.

그가 빠져나갈 구멍은 없었다.

도수는 급히 창문 밖을 바라봤다.

상준이 지상을 향해 빠르게 떨어지고 있었다.

그는 나무 위로 떨어졌다.

팔을 뻗어 나뭇가지를 움켜쥐었다. 하지만 힘이 달리는지 계속해서 밑으로 추락했다.

그러나 속도를 훨씬 줄었다. 그의 몸이 계속해서 나뭇가지를 부러트렸다.

그리고 등부터 바닥에 떨어졌다. 쿵 소리가 났지만 그다지 상처를 입지는 않은 모양이었다.

상준이 비틀거리면서 일어났다. 그는 충격에 비틀거리면서도 곧바로 차량이 있는 쪽을 향해서 뛰어갔다.

"잡아!"

도수는 현율 실업 직원들이 있는 곳을 향해서 소리

쳤다.

그의 목소리가 워낙 커서인지 모두가 똑똑히 들을 수가 있었다.

도수의 말을 기현이 가장 먼저 눈치챘다.

"저자다! 저자를 잡아!"

기현의 말에 직원들이 일제히 몸을 움직였다.

그들은 상준을 향해 우르르 뛰어갔다.

직원들의 입에서 '개새끼, 거기서!', '뒈졌어.' 라는 험악한 말들이 튀어나왔다.

뒤를 힐끗 돌아본 상준은 이를 악물고 뛰었다.

차에 먼저 다다른 그가 차문을 열고 앉아 시동을 걸었다. 곧바로 도착한 직원들이 차문을 당겼다.

차문은 잠겨 있었다.

직원들이 쇠파이프를 휘둘러 차의 앞 유리를 깨트렸다.

와장창 소리와 함께 작게 나눠진 유리들이 사방으로 튀었다.

깨진 유리가 상준의 몸을 뒤덮었지만 개의치 않았다.

그는 액셀을 있는 힘껏 밟았다.

헛바퀴가 돌더니 이내 맹렬하게 앞으로 튀어나갔다. 앞을 가로막고 있던 직원들이 차량에 치여서 튕겨졌다. 한 명은 차량에 다리를 밟혔다.

차에 치인 직원들이 큰 상처를 입고 비명을 질러 댔다.

"잡아!"

다급해진 기현이 몸소 뛰어들었다.

그는 가지고 있던 손도끼를 들어서 상준이 타고 있는 차량을 향해 던졌다. 빠르게 날아간 손도끼가 차의 뒷창문을 깨트렸다.

하지만 상준을 맞추지는 못했다. 그가 타고 있던 차량은 유유히 주차장을 빠져나갔다.

놈을 또 놓치고만 것이다.

"이런 젠장!"

멀어져 가는 차량을 보며 기현은 허탈감을 감추지 못했다. 직원들이 타고 온 차량은 너무 멀리 떨어져 있어서 상준을 잡을 수가 없었다.

그는 도수를 바라봤다.

무척이나 미안한 눈치였다.

상준이라는 놈이 5층에서 뛰어내릴 줄은 상상도 못했다. 하지만 놓친 것은 분명 잘못이었다.

기현이 바라본 도수도 허탈한 표정을 짓고 있었다.

＊　　＊　　＊

다른 차량들보다 족히 30㎞ 이상을 더 밟고 있는 상준은 어깨가 심하게 아파 왔다.

"그 멍청한 자식이, 총을 나에게 쏴?!"

울화가 치밀었다.

어깨에 총알이 박혀 제대로 움직일 수가 없었다.

평상시라면 곧바로 병원으로 달려갔을 것이다.

하지만 지금은 그럴 상황이 아니었다.

도수, 이 악마와 같은 놈의 손아귀에서 빠져나온 것은 기적에 가까웠다.

그리고 현득이 이 개새끼.

칼로 놈의 목을 뚫고 나니 막혔던 가슴이 뻥 뚫린 것만 같았다. 속이 다 시원했다.

현득은 무엇을 하든지 상준을 무시했다. 말투도 그러했고, 행동도 그러했다.

특히, 그를 바라보는 현득의 눈빛은 몸서리치게 싫었다.

몇 계단이나 위에 서서 자신을 깔보듯 바라보는 그의 눈빛에 심한 모멸감을 느낄 때가 한두 번이 아니었다.

언젠가 놈의 눈동자를 뽑아 버리겠다고 연신 맹세를 했다.

그의 눈동자를 뽑지는 못했지만, 목숨은 취했다. 도수가 없었더라면 쓰러진 그의 얼굴을 구둣발로 마구 짓밟아 줬을 것이다.

"그나저나 이제 어쩐다."

현득이 죽었다.

이제 믿을 구석이 없었다. 아니, 딱 한 명이 남아 있기는 있다.

하지만 그가 과연 자신을 받아 줄까, 라는 의문이 들었다. 잘못하면 그의 손에 제거가 될 수도 있었다.

상준은 핸드폰을 만지작거렸다. 그의 번호가 저장되어 있지만 걸어 본 적은 없었다.

이제는 막다른 길이었다.

어쩔 수가 없었다. 죽이 되든, 밥이 되든, 그에게 도움을 요청해야 했다.

따지고 보면 이 모든 일에 원흉은 그임이 분명하니까.

상준은 핸드폰에 입력된 이름을 눌렀다.

핸드폰에 입력된 이름은 나진 소프트의 사장인 김형태였다.

뚜르르르—

핸드폰이 울렸다. 곧이어 '여보세요'라는 김형태의 음성이 들렸다.

크게 심호흡을 한 상준은 핸드폰에 대고 자신의 이름을 말했다.

"안녕하십니까. 김형태 사장님, 저…… 상준입니다."

*   *   *

도수와 기현은 기동이 입원해 있는 병실을 찾았다.

1인실 병실을 쓰고 있어서 다른 환자들에게 폐를 끼치

지는 않았다.

처음 병원에 실려 왔을 때는 꽤나 위독했지만 지금은
혼자서 거동을 할 수 있을 만큼 상태가 호전되었다.

노크를 하자 기동의 여자 친구인 미자가 문을 열어 주
었다. 평상시에는 화장을 진하게 하는 편이었지만 지금
은 그렇지 않았다.

로션만 발랐는지 화장기는 전혀 찾아볼 수가 없었다.
화장을 했을 때는 야시시한 느낌을 받았지만 이렇게 보
니 생각 외로 청초했다.

아직 나이가 어린 티가 났다. 피부도 상당히 깨끗했
다.

"안녕하세요, 제수씨."

도수와 기현이 미자를 향해서 고개를 숙였다. 그녀도
마주 보며 가슴을 가리고 깊게 고개를 숙였다.

"네. 회장님, 실장님, 오셨어요. 어서 들어오세요."

미자가 문을 열고는 자리를 비켜 주었다.

도수와 기현이 병실 안으로 들어갔다.

안에서 기동은 TV에 게임기를 연결시켜 놓고 신나게
게임을 하고 있는 중이었다.

얼마 전까지 생사를 오고 갔다는 것이 믿을 수 없을
정도로 탁월한 체력이었다.

그는 도수와 기현을 보고는 반가운 표정을 지으며 벌
떡 일어났다.

"회장님, 형님, 오셨습니꺼. 으윽."

너무 급하게 일어나서인지 그는 옆구리를 잡고 자리에 앉았다.

그의 모습이 우스꽝스러워 도수와 기현은 '픽' 하고 웃고 말았다.

"괜찮나?"

"멀쩡합니데이."

기동은 양팔을 머리 위로 들어 올렸다.

그는 침상에서 내려와 도수와 기현에게 의자를 내주려고 했다.

"그냥 앉아 있어. 이 정도는 우리가 해도 되니까."

기현이 그의 어깨를 눌러 자리에 앉혔다.

그러고는 냉장고 옆에 있는 의자를 가져와 도수의 옆에 놓았다.

도수가 자리에 앉았다.

기현은 음료수 두 개를 가지고 와 뚜껑을 딴 후 도수에게 주었다.

"혈색이 많이 좋아졌군."

도수가 기동의 얼굴을 보며 말했다.

"암요. 요즘 병원 밥이 참으로 맛있어졌다 아입니까. 이러다 살찌겠습니더."

120kg이 넘는 거구의 기동이다. 여기서 더 살을 찌우면 도대체 어떻게 할 생각인지 도수와 기현은 납득이 가

지 않았다.

헛웃음만 나올 뿐이었다.

"그 쌩양아치 놈들은 잡았습니꺼?"

기동이 조심스럽게 물었다.

그는 병원에 입원을 하고도 며칠째 잠을 이루지 못했다.

당시만 생각하면 자다가도 벌떡 일어날 정도로 울분이 치솟아 올랐다.

강남을 일통한 현율 실업이다.

다른 조직들은 언감생심 강남에 기웃거리지도 못했다.

어지간한 조직들도 한참 후배인 도수에게 고개를 숙이며 들어왔다.

회장실 앞에는 그들이 보낸 화원들로 가득 찼다.

한마디로 기세가 하늘을 찌른다고 할 수 있었다.

그런 현율 실업이 겨우 10대 양아치들에게 습격을 당했다. 놈들에게 당해 두 명의 직원이 끝내 목숨을 잃고 말았다. 다른 직원들도 반 년 이상 병원 신세를 져야 했다.

기동으로서는 놈들을 산 채로 씹어 먹어도 속이 풀리지 않았다.

도수의 얼굴이 찡그려졌다.

그의 표정을 본 기동은 뭔가 일이 틀어졌다는 것을 눈치챘다.

"내가 대신 설명을 해 주지."

기현이 끼어들었다.

그는 지금까지 있었던 일들에 대해 요점을 추려 간략하게 설명을 했다.

"그러니까 양아치들과 놈들의 수장인 현득은 잡았다는 것이네예."

"그래."

"그리고 이 상황을 만든 근본적인 놈인 상준은 놓치고예."

"맞아."

"놈이 갈 곳은 있습니꺼?"

"몰라. 사방을 뒤져서 찾고 있지만 감쪽같이 숨었어."

"다른 것은 몰라도 숨는 능력을 탁월한 것 같습니더. 도대체 이번에는 어디로 숨었단 말입니꺼."

"모르지. 네 말대로 숨는 능력은 혀를 내두를 정도야. 그냥 숨어만 있는 것이라면 내버려 둬도 상관없지만, 또 다른 음모를 꾸미니까 그것이 문제지. 놈이 현득을 끌어들이는 바람에 우리 쪽에서도 꽤 큰 피해를 입었잖아."

"다른 조직을 끌어들일 능력이 있다는 말입니꺼?"

"충분하지."

"음……."

기동은 더부룩하게 자란 머리를 양손으로 마구 긁었다.

현득과 양아치들을 일망타진한 것은 좋았지만 상준이라는 놈이 목에 걸린 가시처럼 걸리적거렸다.

놈이 어느 순간 치고 나올 생각을 하니 등골이 서늘했다.

"이번에는 당하고 있으면 안 됩니더."

"당연하지."

기현이 고개를 끄덕였다.

"무슨 수가 있습니꺼?"

"그래, 놈을 잡을 수가 없다면 이쪽으로 끌어들여야지."

"위험한 거 아닙니꺼?"

"위험하지. 하지만 어쩔 수가 없어. 놈은 병균이야. 한번 체내에 들어오면 다른 멀쩡한 세포까지 감염시키지. 일단 놈은 몸에 들어온 상태야. 하지만 어떻게 될지는 아무도 몰라."

"상처 부위까지 모조리 드러내겠다는 말씀입니꺼?"

"그래, 맞아. 그렇게 하지 않으면 놈을 잡을 수가 없어. 상준이라는 이놈은 보기보다 훨씬 악질이거든."

기동은 고개를 끄덕였다.

상준을 잡았다고 끝난 것이 아니었다.

곳곳에서 상준과 같은 독버섯이 무럭무럭 자라나고 있었다.

독버섯을 가만히 놔두면 안 된다.

한꺼번에 모조리 일망타진을 해야만 현율 실업이 안정적으로 자리를 잡아 갈 수가 있었다.

3.

고요 속 살의

CITY OF
WILD BEAST

회사는 정상을 되찾았다.

병원에 입원을 했던 경미한 상처를 입은 직원들도 복귀를 했다.

그동안 흉흉한 분위기에 눈치를 보던 여직원들도 언제 그랬냐는 듯이 화사한 웃음을 지었다.

어느새 뜨거운 여름이 지나고 가을이 성큼 다가오고 있었다.

팬티가 보일 정도로 짧았던 여자들의 치마의 길이가 많이 늘어났다.

긴 팔을 입고 있는 직원들도 종종 보였다. 세차게 돌아가던 에어컨의 움직임도 멈췄다.

은행나무 나뭇잎들이 바닥에 떨어졌다.

계절이 바뀌며 가장 바빠진 것은 아마도 미화원들이 아닐까 싶다.

똑똑.

채진아는 회장실 문을 두드렸다. 안에서 도수의 '들어와' 라는 목소리가 들렸다.

그녀는 방긋 웃으며 회장실 안으로 들어갔다.

그녀가 회장실 안으로 들어가자 삭막했던 분위기가 순식간에 화려한 가을처럼 변해 버렸다. 진아 특유의 장점이라고 할 수 있었다.

어떤 장소라도 그녀만 있으면 분위기는 놀라울 정도로 변했다.

막말로 조직들의 사투가 벌어지는 난장판 속에 있어도 그녀라면 능히 분위기를 바꿀 수가 있으리라.

기현은 그런 진아의 능력을 높이 샀다.

진아는 결제할 서류를 잔뜩 들고 도수의 앞에 놓았다.

도수의 눈이 찡그러졌다. 어제부터 쌓인 서류가 산더미였다.

오늘은 더욱 많았다. 아무래도 오늘은 야근을 해야 할 듯싶었다.

유정을 만난 지 보름이 넘었기에 그녀가 무척이나 보고 싶었다.

하지만 넘쳐 나는 일거리를 보니 아무래도 며칠 미뤄야 할 것 같았다.

"오늘 오후에 스케줄이 있습니다."

진아의 고운 음색이 울렸다.

"스케줄? 이렇게 처리할 것이 많은데?"

도수는 옆에 잔뜩 놓인 서류더미를 가리켰다.

보기만 해도 머리가 아프다는 듯 도수는 바로 고개를 돌렸다.

"그래도 회장님이 가시는 것이 좋을 것 같습니다."

채진아는 무를 자르듯이 단정적으로 말했다.

"무슨 일이지?"

"먼저 현율 실업의 자회사인 H—엔터테이먼트에서 내놓은 최초의 아이돌 그룹이 데뷔 무대를 갖습니다."

도수는 고개를 끄덕였다.

본래 H—엔터테이먼트를 만든 이유는 미나를 추락시킨 후 영입하기 위해서였다.

하지만 막상 만들고 나니 그대로 내버려 두기에는 수익성이 너무 높았다.

미나는 미나고, H—엔터테이먼트는 기획사로서 제대로 굴러가게 만들었다.

H—엔터테이먼트의 실장이 된 민수창은 그쪽 바닥에서 꽤나 잔뼈가 굵은 인물이었다.

돈을 위해서라면 상대방의 발바닥도 핥을 수가 있었다.

남들은 그런 민수창을 보며 하이에나라고 욕을 했지

만, 도수는 그렇게 여기지 않았다.

목적을 위해서라면 수단 방법을 가리지 않는 것이 훌륭했다.

자신에게 모욕을 준 자는 훗날 되갚아 주면 되는 것이다.

민수창 덕분에 H—엔터테이먼트는 빠르게 성장할 수가 있었다.

그리고 드디어 그 결실을 맺을 때가 온 것이다.

"아이돌 그룹이라…… 몇 명이었지?"

"한국 아이 둘, 중국 아이 둘, 일본 아이 한 명, 이렇게 해서 모두 다섯 명입니다."

"그룹의 이름은?"

"텐잡스입니다."

"텐잡스?"

"네."

아이돌 그룹의 이름이 도수에게는 마음에 들지 않았다. 시골에 있는 다방의 이름을 보는 듯했다.

"무슨 이름이 그래?"

"민수창 실장이 몇 년이나 고심해서 만든 것이라고 하는데요."

"자네는 이상하지 않나?"

"전 괜찮습니다. 참신하고 좋은데요, 뭘."

도수는 고개를 갸웃거렸다.

다른 사람은 모두 좋다고 하는데 자신만 아니라고 해서 조금은 이상한 느낌이었다.

"데뷔 무대를 어디서 하는데?"

"등촌동 SS 공개홀입니다. 음원은 며칠 전 공개했고요."

"잘될 것 같나?"

"들인 돈이 꽤 되거든요. 잘돼야죠."

"그래야지. 그럼 그것만 가 보면 되나?"

"아니요. 스케줄이 하나 더 있습니다."

"또?"

"네, 미나 씨의 복귀작이 확정된 것은 아시죠?"

"그래, 제목이 뭐였더라."

"조선, 감추고 싶은 비밀입니다. 조선시대 에로티시즘을 차별적으로 보여 준다고 하네요."

"야한 영화가?"

"네, 19세 이상만 볼 수 있습니다. 어차피 미나 씨는 야동으로 치명타를 입었습니다. 더 이상 청순함을 무기로 나올 수가 없어요. 차라리 이참에 캐릭터의 변화를 주는 것이 좋습니다, 라고 민수창 실장이 말했습니다."

"그런 영화가 성공할 수 있을까."

도수는 짐짓 걱정이 된다는 투로 말했다. 그녀의 환심을 사 놓은 상태다.

이제 그녀를 어느 정도 예전의 모습으로 복귀를 시켜

야 했다.

그녀가 완전히 도수를 믿게 되면 숨겨졌던 내용을 끄집어낼 생각이었다.

형태, 그 자식의 추악한 면모를 세상에 까발리고 말 테다.

하지만 복귀작이 19세 이상이라니. 어쩐지 걱정이 되었다.

"이한 감독이 메가폰을 잡았습니다."

"이한 감독?"

"네."

대한민국이 자랑하는 감독 중에 한 명이 이한이었다.

그는 칸 영화제에서 황금종려상을 받은 경험도 있었다. 그 외에도 그가 영화를 만들기만 하면 한국에서 보다 외국이 더 열광을 했다.

그가 메가폰을 잡았다는 것만으로도 이슈가 되기에는 충분했다.

밥상은 차려졌다. 이제부터는 그녀의 몫이었다.

"오후 7시에 강남의 고려 호텔에서 시사회가 있습니다. 회장님은 투자자로서 참석하게 됩니다."

"후, 알았어. 시간 되면 가르쳐 줘."

"알겠습니다."

도수를 향해 빙긋 웃은 진아는 깍듯하게 인사를 하고는 회장실 밖으로 나갔다.

* * *

공개홀 안에 들어가지도 않았는데 엄청난 환호성이 울리고 있었다.

차에서 내리던 도수와 기현이 깜짝 놀랄 정도로 커다란 함성이었다.

공개홀 밖에는 안으로 들어가지 못한 수많은 여중생과 여고생들이 팸플릿이나 종이로 오려 만든 이름 석 자를 들고, 그녀들이 응원하는 아이돌 그룹을 연호했다.

생전 처음 아이돌 그룹의 공연장을 찾은 도수로서는 꽤나 문화적인 충격이 아닐 수 없었다.

"회장님, 나오셨습니까."

공개홀 입구에서 대기를 하고 있던 민수창이 다가와 허리를 90도로 숙였다.

도수는 그런 민수창을 향해 고개를 끄덕이고는 어깨를 툭툭 두드려 주었다.

"이제 시작이군."

"네, 모두 회장님 덕분입니다. 한번도 보지 않으셨죠? 저희가 키운 그룹인 텐잡스."

"그래, 신경을 쓰지 못해서 미안하네."

"아닙니다. 제 기획안을 통과시켜 준 덕분에 텐잡스가 세상에 나오게 된 것입니다. 충분히 감사하고 있습니다."

민수창은 도수와 기현을 데리고 공개홀 안으로 들어갔다.

리영춘 팀장 대신 임시로 경호부장을 맡고 있는 수태가 그들의 뒤에 바짝 붙었다.

워낙 많은 사람들이 몰려 있어 수태의 신경이 날카로워졌다.

그는 다가오는 사람들을 향해 눈을 부라렸다. 살벌한 얼굴 탓인지 그들 주변에 다가오는 사람들이 뒷걸음질을 치며 물러났다.

민수창은 앞에서 오는 스텝들을 향해 반갑게 웃으며 고개를 숙여 인사를 했다.

항상 하하, 웃는다.

그런 민수창을 향해 스텝들은 '새로운 아이돌 그룹이 데뷔한다면서요. 그동안 고생 많으셨는데 축하드려요' 라고 말했다.

민수창은 별일 아니라는 듯이 '고맙습니다. 덕분입니다. 조만간 같이 식사 한 번 하시죠. 꼭 대접하고 싶습니다' 라고 말했다.

민수창은 누군가를 찾아갔다.

서른이 갓 넘은 듯한 젊은 청년이었다.

그는 귀에 헤드셋을 끼고는 이 사람, 저 사람에게 뭔가 지시를 내리고 있었다.

민수창은 다른 누구보다 그에게 깍듯하게 대했다.

"김 PD님, 저희 애들 잘 좀 잡아 주십시오. 잘 부탁드립니다."

그가 가요 프로를 담당하고 있는 PD인 모양이었다.

전체적으로 호리호리하고 안경을 썼다.

눈매가 서글서글한 것이 그리 성격은 그리 나빠 보이지 않았다.

"여기 이분은 저희 회사 회장님이십니다."

수창은 도수를 김 PD라는 자에게 소개했다.

그는 귀찮은 듯이 도수를 봤지만 이내 흠칫거리고 말았다. 거구의 체구에서 뿜어져 나오는 압도적인 존재감은 그 누구라도 쉽게 넘길 수는 없었다.

김 PD는 모자를 벗고 악수를 청했다.

"김광수라고 합니다. 보다시피 음악 프로를 맡고 있죠."

"마도수라고 합니다. 작은 회사를 운영하고 있습니다."

"H—엔터테이먼트라고 하셨죠?"

"네, 맞습니다."

"한때 전국을 떠들썩하게 만들었던 미나 씨를 영입한 회사고요."

"아, 어떻게 그걸."

"이 바닥이 보기보다 무척 좁거든요. 이곳에서 비밀이란 그다지 없습니다."

"그렇군요."

도수는 고개를 끄덕였다. 그는 이쪽 바닥에 만만치 않다는 말을 돌려서 말하고 있었다.

도수도 바보가 아닌 이상 그가 하는 말을 못 알아들을 리가 없었다.

도수가 별말을 하지 않았기에 김 PD도 예의상의 말만 건넸다.

꽤나 서먹한 자리였다.

중간에 민수창이 끼어들어 분위기를 완화하지 않았다면 둘 다 어색하고 민망하게 서 있어야 했을 것이다.

도수는 고개를 돌려서 무대를 보았다.

많은 그룹들이 차례로 나와 리허설을 하고 있었다. 남녀 할 것이 굵은 땀방울을 뚝뚝 흘렸다. 이들 중에서 스타가 되는 아이돌은 극소수라고 들었다.

이 짧은 5분 남짓의 공연을 하기 위해 수많은 청소년들이 젊은 시절을 불태웠다.

그렇게 하고도 스타가 되는 사람은 손가락으로 꼽았다.

나머지는 있는 듯 없는 듯 사라지고 만다.

나름 치열한 생존 경쟁이 펼쳐지는 곳.

곧 방송이 시작된다. 좋은 자리를 맡기 위해 앞 다투어 청소년들이 밀려들었다. 그녀들은 아이돌 그룹의 이름을 목청껏 불렀다.

너무 시끄러워서 귀가 웅웅거릴 정도였다.

"우리 그룹은 언제 나오나?"

기현이 민수창에게 물었다.

"네에?"

소음으로 인해 잘 들리지 않았다. 민수창은 고개를 돌리고 크게 되물었다.

"우리 회사의 그룹은 언제 나오냐고?"

기현도 목소리를 높였다.

"세 번째에 나옵니다."

"왜 이렇게 일찍 나오나?"

"음원만 발표하고 아직 데뷔도 하지 않은 햇병아리들입니다. 당분간 텐잡스가 메인을 장식할 일은 없을 겁니다. 메인은 다른 거대 기획사의 아이돌들이 채울 겁니다."

"계속해서 이런 무대에 서려면 이번에 확실히 눈도장을 찍어야 한다는 말이군."

"그렇습니다."

기현의 말에 민수창은 동의를 했다.

공연이 시작되었다.

젊은 두 남녀가 앞으로 나왔다. 한 명은 한창 뜨고 있는 여배우였고, 남자는 유명 아이돌 그룹의 멤버였다.

그들은 주거니 받거니 쓸모없는 말들을 지껄이다가 아이돌들을 소개했다.

처음에 나온 아이돌 그룹은 텐잡스처럼 신인이라고 하였다.

똑같이 생긴 남자 둘이 나와서 현란한 춤을 추며 노래를 시작했다. 쌍둥이처럼 보였다.

생긴 것만 똑같은 것이 아니라 쾅쾅거리며 나오는 음악도 특색 없이 똑같았다.

후렴부는 한 번만 들어도 금방 알 수 있을 정도로 단조로웠다.

기억을 해 둘 정도로 재미있는 무대는 아니었다.

다음으로 나온 가수는 통기타를 멘 어린 여자아이였다. 슬쩍 보기에도 중학생인 듯했다.

그 여가수는 나름 봐줄 만했다.

목소리가 확실히 달랐다. 새들의 청량한 음정을 듣는 기분이었다. 워낙 목소리가 고와서 듣고 있자니 기분이 절로 좋아졌다.

어린 나이지만 큰 무대에서 당당하게 노래를 부르는 그녀가 마음에 들었다.

"이번입니다."

민수창이 말했다.

그는 긴장이 되는지 연신 손바닥을 바지에 문질렀다.

손바닥에서 식은땀이 흐르고 있었다. 이마에서도 송골송골 땀이 맺혔다.

그는 알고 있었다.

텐잡스가 그에게 마지막 기회라는 것을. 도수의 성향으로 보아 두 번의 기회를 주지 않을 듯했다.

만약 텐잡스가 실패하면 예전의 빌어먹었던 과거로 돌아가야 했다.

그것은 죽어도 싫었다.

그렇기에 민수창은 두 손을 잡고 간절히 빌었다.

신이시여! 우리 텐잡스가 많은 사람들에게 인정받게 해 주세요.

드디어 텐잡스가 무대 위로 올라왔다.

다섯 명의 어린 소녀들이었다.

누가 한국 아이이고, 누가 중국 혹은 일본 아이인지는 구별이 가지 않았다. 모습은 하나같이 깜찍했다.

노랗고, 빨갛고, 파랗고, 하얗고, 초록색의 밀리터리 군복을 입고 있었다.

반전도 있었다.

등이 뻥하고 뚫린 것이다. 그녀들의 고운 피부와 등허리가 매혹적으로 드러났다.

아직 어린 학생들인데 너무 속살을 드러내는 것은 아닐까 걱정도 되었다.

쿵쾅쿵쾅—

음악이 시작되었다.

간결하고 템포가 좋은 후크송이었다. 듣기에는 나쁘지 않았다.

아이들의 춤 솜씨도 괜찮았다.

꽤나 오랫동안 연습을 해 오더니 여기서 빛을 바라는 듯했다.

"괜찮은데요."

기현도 도수와 같은 생각이었다.

그는 텐잡스에게서 눈을 떼지 못했다.

보고만 있어도 기분이 좋아지는 그런 아이들이었다.

노래는 중반을 넘어섰다.

아직까지 무리 없이 잘 진행되고 있었다. 이렇게만 나가면 대형 신인의 탄생이니 뭐니, 매스컴에서 떠들어 될 듯싶었다.

그때였다.

중간에 서 있던 아이가 삐끗했다.

발목을 접질렸다.

꽤나 아픈지 일어서지 못했다. 아이들이 당황하는 모습이 역력했다.

방송 사고였다.

김 PD는 크게 호통을 치며 어서 카메라의 화면을 다른 곳으로 옮기라고 외쳤다.

갑자기 좌측에 서 있던 아이가 앞으로 나왔다.

다른 아이들에 비해서 체구가 작았다. 하지만 이목구비가 뚜렷해서 한 번 보면 좀처럼 잊어버릴 수 없는 얼굴이기도 했다.

그녀가 춤을 춘다.

여럿이서 군무를 출 때는 몰랐지만 혼자서 춤을 추니 월등하게 실력이 돋보였다.

힘차게 춤을 추던 중 그녀가 고음 부분을 노래했다.

—사랑해!

상당히 높은 고음이었다. 음정의 흐트러짐이 없었다.

—사랑해에!

한 단계 높은 고음이 터졌다. 고운 음색은 스피커를 뚫을 듯이 폭발했다.

모두의 시선이 그녀에게 향했다.

화를 내던 김 PD도, 짜증을 내던 방청객들도, 분주하게 움직이던 스텝들도 한순간에 동작을 멈췄다.

다채로운 재능을 가진 아이돌은 많다. 가창력이 뛰어난 아이돌도 꽤 된다.

그러나 지금처럼 압도적인 퍼포먼스를 보여 주는 아이돌은 눈을 씻고 찾아봐도 없었다.

"와, 저 아이 도대체 누구야!"

이곳저곳에서 탄성이 터졌다.

—너만을 사랑해에에에!

또다시 음이 한 단계 상승했다.

오직 그녀의 목소리만이 공개홀 안에 가득했다.

누구도 눈을 뗄 수가 없었다.

그녀의 목소리가 진동을 하며 공개홀 밖으로 터져 나

가려고 하고 있었다.

방송 사고는 모두의 기억에서 사라지고 말았다.

그리고 그녀의 음색이 점차 잦아들었다.

어느새 일어난 아이들이 그녀와 함께 율동을 맞췄다. 그녀들은 끝까지 최선을 다했다.

그들의 공연이 끝났다.

"와아아아아! 대박이다. 대박! 저 아이돌 그룹 끝장이다!"

"휘이! 멋지다. 정말로 멋져!"

엄청난 환성이 터졌다.

다른 그룹을 응원하던 여학생과 남학생들도 박수를 치며 텐잡스의 그룹명을 외쳤다.

"저 아이는 도대체 누군가?"

놀란 도수가 민수창을 바라봤다.

그는 만족한 표정을 짓고 있었다.

그가 가진 최후의 비밀병기가 바로 그녀였던 것이다.

"마음에 드십니까?"

"마음에 드는 정도가 아니군. 저 나이에 저렇게 노래를 부를 수가 있다니 놀랄 따름이야."

"행자라는 아이입니다. 이름이 너무 촌스러워서 리사라는 예명으로 바꿨지요."

"저 아이를 어떻게 발굴한 것인가."

"저 아이는요……."

행자라는 아이는 키가 무척이나 작았다. 155㎝를 간신히 넘었고 얼굴도 예쁘지 않았다.

개성은 충분했지만 아이돌로 데뷔하기에는 여러 가지 부족한 점이 많았다.

그래서 그런지 그녀는 모든 오디션에서 떨어졌다고 한다. 행자는 마지막이라는 마음으로 H—엔터테이먼트를 찾았다. 여기서도 오디션에서 떨어지면 평범한 고등학생으로 돌아갈 생각이라고 하였다.

민수창은 시큰둥하게 그녀의 노래와 춤을 보았다. 춤은 곧잘 췄다.

단지, 그뿐. 그 정도로 춤을 추는 아이는 세상에 쌓이고 쌓였다.

하지만 행자가 노래를 부르는 순간 모든 것이 뒤바뀌었다.

민수창은 자리에서 벌떡 일어났다.

그와 함께 H—엔터테이먼트를 꾸려 가고 있는 다른 매니저들도 마찬가지였다.

그녀는 황금알을 낳는 거위였다.

무시무시할 정도의 가창력을 뽐내는 그녀였다.

왜 다른 오디션에서 떨어졌는지 이해할 수도 없었다.

민수창은 행자에게 다른 기획사에서 왜 떨어졌냐고 물었다.

행자는 '다른 기획사에서는 저의 노래를 들어 보지도

않았어요. 1분 정도 춤을 추자 그만이라고 말을 한 후 내보냈죠' 라고 대답했다.

민수창은 만세를 불렀다.

이 아이라면 반드시 성공할 수 있다고 여겼다. 얼굴이야 의학의 힘을 빌리면 된다.

키가 작은 것쯤이야 힐을 신으면 된다.

하지만 목소리는 그렇지 않았다.

신이 내려 준 선물이었다.

민수창은 행자와 다른 네 명의 재능 있는 아이들을 영입해 훈련에 박차를 가했다.

그 결과가 바로 이렇게 선보인 것이다.

위기가 기회로 바뀌었다.

과연 내일 신문에 어떻게 보도가 될지 궁금하기까지 했다.

"만나 보시겠습니까?"

민수창이 도수에게 물었다.

도수는 고개를 끄덕였다.

그동안 너무 많은 일들이 연달아 터져서 H—엔터테이먼트에 신경을 쓸 겨를이 없었다.

특히, 소속 연예인이라 할 수 있는 텐잡스 아이들은 거의 얼굴도 알지 못했다.

"그럼 잠시만 기다리시겠습니까. 제가 금방 가서 데리고 오겠습니다."

"아니, 힘든 무대를 치렀는데 내가 가지."

"아, 네. 그럼 이쪽으로 오십시오."

민수창은 한결 가벼워진 걸음으로 텐잡스가 있을 대기실로 앞장서서 걸어갔다.

오늘 텐잡스가 데뷔 무대를 가지기 전까지 마음을 졸였던 것이 사실이었다.

아무리 실력이 출중하다고 하더라도 대중의 외면을 받으면 끝이었다.

그러나 오늘 그들이 벌인 실수는 크게 부각이 될 것이 확실했다.

수창의 뒤를 쫓아 도수와 기현, 수태가 걸었다.

대기실까지는 멀지 않았다. 대기실 안에서 왁자글한 목소리들이 흘러나왔다.

아이들도 꽤나 흥분한 모양이었다.

수창이 노크를 한 후 대기실 문을 열고 들어갔다. 대기실 안은 넓지 않았다.

좁다고 할 수 있었다.

좁은 공간에 다섯 명의 아이들과 코디네이터, 매니저가 함께 섞여 있었다.

수창이 들어오자 모두가 자리에서 일어났다.

"회장님, 오셨다."

회장님이란 소리에 모두가 벌떡 자리에서 일어났다. 그들도 이 바닥에 들어와서 소문으로 도수가 어떤 사람인지 알고 있었다.

소문이란 부풀려지기 마련이다.

그것이 진실인지, 거짓인지도 중요하지 않았다.

단지 마도수란 이름 석 자에 대해서 그들에게 공포를 심어 주기란 충분했다.

강남에서 아니, 서울에서 가장 무서운 남자.

"안녕하십니까."

"안녕하세요."

그들은 도수를 향해서 깍듯이 인사를 올렸다. 도수와 눈을 마주칠 만큼 간이 큰 사람은 없었다.

"이리들 와. 회장님께 정식으로 인사드려야지."

텐잡스 아이들이 주춤거리며 앞으로 나왔다.

용기가 있는 것인지, 떠밀려서인지 모르지만 가장 앞에 선 아이가 리사였다.

그녀는 도수를 바라보았다.

둘의 키 차이가 워낙 커서 리사가 고개를 뒤로 젖혀야만 도수를 볼 수 있었다.

그녀의 눈동자에는 꿈을 향한 빛이 가득했다.

그런 그녀의 눈빛이 부러웠다.

"리사라고 합니다."

소녀는 다시 한 번 고개를 숙여 인사했다.

"그래, 나를 본 적 있니?"

"네, 아주 가끔 회사에서요."

"그랬구나. 무대는 잘 봤다. 노래를 무척 잘하더구나."

"감사합니다. 회장님 덕분에 꿈에 한 발자국 다가갈 수 있게 되었어요."

"다행이구나. 꿈이 가수니?"

"네, 세상에서 가장 유명한 가수가 되는 거예요."

"대단한 꿈이구나. 세상에서 가장 유명한 가수라……. 네 실력이면 충분히 할 수 있을 거다. 내가 능력이 된다면 힘닿는 데까지 도와주도록 하마. 부탁할 것이 있으면 민 실장에게 뭐든 얘기하고."

"말씀만으로도 감사합니다."

리사의 당돌한 말투에 다른 아이들도 용기를 얻었는지 또박또박한 말로 자신들을 소개했다. 라일락이라는 아이를 빼고는 모두 일본과 중국에서 왔다.

지방에서 서울을 올라오는 것도 힘들 텐데, 꿈을 이루기 위해 한국에서 그 힘든 연습생 생활을 했다니 대견스러웠다. 그래서인지 아이들은 총기가 있고 심지가 굳어 보였다.

도수는 민수창을 보며 말했다.

"오늘 정말로 수고했어. 오늘만큼은 아이들에게 실컷 먹이도록 해."

도수는 지갑에서 수표 한 장을 꺼내 민수창에게 주었다.

평상시에는 거의 돈을 쓰지 않지만, 이럴 때까지 아낄 필요는 없었다.

"감사합니다, 회장님. 회장님 말씀대로 오늘은 실컷 먹이도록 하겠습니다."

민수창는 양손으로 공손히 수표를 받았다.

그의 어깨를 툭툭 친 도수가 대기실 밖을 나왔다.

조금 더 얘기를 나눠 보고 싶지만, 또 다른 스케줄이 남아 있었다.

꼴도 보기 싫은 미나의 얼굴을 다시 봐야 하니 말이다.

문을 닫고 나오자 대기실 안쪽에서는 '오늘은 간만에 회식이다' 라는 소리와 '한우! 한우!' 라는 소리가 한꺼번에 뒤섞여서 흘러나왔다.

*　　*　　*

도대체 무슨 영화를 이렇게 만들었는지 모르겠다. 도수는 눈이 감기는 것을 몇 번이나 억지로 참아 냈다. 눈꺼풀이 무거워서 도저히 참을 수가 없었다.

그래도 그는 난 편이었다.

도수를 보호해야 할 수태는 목이 부러질 것처럼 위아래로 흔들어 댔다.

민망해진 기현이 그를 깨워 핀잔을 주었다.

영화의 줄거리는 이해하기 쉬웠다.

어떤 조선시대 카사노바 같은 놈이 한양에 모든 귀부인들을 건드린다는 내용이었다.

그중에 바람둥이 주인공에게 넘어가지 않는 단 한 명의 여자가 있었는데.

그녀가 바로 미나였다. 본래 참한 얼굴을 가져서인지 한복을 입혀 놔도 잘 어울렸다.

화장을 하긴 했지만, 거의 하지 않은 것 같은 맨 얼굴이었다.

솔직히 말해 그녀의 본모습을 모른다면 누구라도 빠질 수밖에 없을 만큼 매력적이었다.

미나는 데뷔 이후 처음으로 본인의 나신을 보여 주었다.

그뿐만이 아니라 남자 주인공과 적나라한 정사신도 선보였다.

영화가 끝나고 기립 박수가 이어졌다.

도수로서는 전혀 이해할 수 없는 반응이었다. 그의 뇌리에 남은 것은 미나의 풍만한 가슴과 잘록한 허리, 격렬한 정사신뿐이었으니까.

"무슨 영화가 이리 지루하지?"

기현도 같은 생각인 모양이었다. 그는 연신 하품을 하며 밖으로 나왔다.

"예술적인 완성도가 높은 영화라고 하던데요."

수태가 말했다.

"예술적인 완성도는 개뿔, 너는 디비 자기만 하던데."

"그래도 볼 것은 다 봤습니다."

"그래, 미나의 벗은 몸은 확실히 봤겠지. 그 장면에서는 눈을 초롱초롱 뜨고 있더만."

"남자라면 모두 보고 싶은 것 아닙니까. 한때 국민배우라는 칭호도 받은 여잔데."

"잘났어, 정말. 아, 회장님, 미나 씨가 좀 뵙으면 하던데요."

"나를 왜?"

"민 실장이 얘기 안 하던가요?"

기현이 되물었다.

가만히 생각을 해 보았다.

그러고 보니 얼마 전부터 민수창이 찾아와 회장님 시간이 언제쯤 나시냐고, 진아에게 물어본 적이 있었다.

일처리를 할 것이 산더미처럼 쌓여 있어 도수는 대수롭지 않게 생각했다.

정말로 할 말이 있었으면 꼭 좀 뵙고 싶다는 말을 했을 것이다.

"그게, 그 얘기였군."

언젠가 민수창이 도수에게 이런 말을 한 적이 있었다.

"회장님, 미나라는 여자는 뱀입니다. 한번 잡히면 절대로 빠져나갈 수 없는 뱀. 겉모습과는 완전히 다르죠. 그러니 회장님도 그 여자에게 만큼은 조심하셨으면 합니다."

도수는 고개를 끄덕였다.
그것은 도수도 충분히 인지하고 있었다.
그녀가 경찰서에서 본 것을 그대로만 이야기해 줬으면 어머니의 억울한 죽음을 풀 수가 있었을 테니.
"회사 근처 바로 오라고 해. 그곳에서 기다리지."
"알았습니다."

도수는 회사 근처 바에서 독한 술을 한 잔 마시며 미나를 기다렸다.
수태와 기현이 같이 있겠다고 했지만, 그럴 필요 없다고 말을 하고는 내보냈다.
기현의 아내인 민희는 만삭이다.
언제 아이가 태어날지 알 수 없었다. 그러니 어서 맛있는 과일이라도 사 들고 집에 들어가라고 말을 하고는 억지로 차에 태웠다.
수태는 집으로 가지 않았다.
그는 '저는 아내가 없습니다. 그러니 회장님이 댁에 들어가시는 것을 끝까지 보겠습니다' 라고 말했다.
아직 상준이 잡히지 않은 상태였다.
언제 어디서 그가 불쑥 나타나 도수에게 위해를 가할지 알 수가 없었다. 당연히 수태는 어디서나 만반의 준비를 하고 있어야 했다.

수태는 바가 잘 보이는 곳에서 차를 정차시켜 놓고 대기했다.

다섯 잔쯤 술잔을 비웠을 때였다. 미나가 상기된 얼굴로 바 안으로 들어왔다.

깔끔한 흰색 원피스를 입고 있었다. 늘씬한 팔과 다리가 보기 좋았다.

술을 한잔했는지 볼을 불그스름했다. 눈동자도 촉촉했고, 입에서는 복숭아 향과 비슷한 단내가 났다.

"회장님, 저 왔어요. 너무 늦지 않았죠."

그녀는 혀를 살짝 내밀고 도수의 옆자리에 앉았다. 의자에 앉아 다리를 꼬자 허벅지가 훤히 드러났다.

"괜찮습니다."

도수는 모른 척 그녀의 잔에 양주를 따라 주었다.

도수가 따라준 양주를 반쯤 비운 그녀는 방긋 웃으며 말했다.

"제가 다시 일어설 날이 올 줄은 생각도 못했어요. 모두 회장님 덕분이에요."

"이제 겨우 시사회만 열린 것뿐입니다. 성급한 판단은 자제해 주시길 바랍니다."

"네, 알겠어요. 회장님 말씀대로 너무 들뜨지 않을게요. 회장님은 저에게 은인이에요. 회장님이 원하시면 저는 무엇이든 할 수 있을 것 같아요."

미나는 촉촉해진 눈빛으로 도수를 바라봤다.

어느새 그녀의 손은 도수의 허벅지에 놓여 있었다. 그녀는 다리를 도수의 가랑이 사이로 밀어 넣었다.

무척이나 자연스러운 행동이었다.

도수는 일부러 당황스럽다는 듯이 행동했다.

그녀의 노골적인 유혹에 어찌할 바를 모르겠다는 듯이 연기해야 했다.

조금은 어색할 수 있지만 취기가 오른 미나는 눈치채지 못했다.

그가 원하는 것은 두 가지였다.

첫 번째는 그녀의 입에서 진실을 말하는 것.

두 번째는 그녀를 통해서 김형태를 만나는 것.

모두가 쉽지 않았다.

그녀의 입에서 진실을 듣는 것도 어려웠고, 김형태를 만나는 것은 더더욱 어려웠다.

직원들을 동원해 김형태와의 접점을 찾아봤다.

현율 실업 정도 되는 중소기업으로서는 김형태와 만나는 것 자체가 어려웠다.

놈에게 항상 붙는 경호원만 여섯이다.

보통의 경호원들이 아니었다.

한 명, 한 명이 세계에서 인정을 받을 정도로 뛰어난 실력을 가진 자들이었다. 외인부대에서 활약을 했던 자들이라는 소문도 있었다.

나머지 경호원들도 마찬가지였다. 그들은 미국과 영국, 러시아에서 활약한 프로들이었다.

　습격이란 애당초 불가능했다.

　그들 중에 두 명만으로도 현율 실업은 초토화가 될 수 있을 만큼 위험했다.

　접근이 용이하지 않다면 놈을 끄집어내야 했다.

　김형태가 가장 안심을 하고 만날 수 있는 사람. 그 사람은 미나가 유일하다고 해도 과언이 아니었다.

　도수와 미나는 꽤나 오랫동안 대화를 나눴다. 대체로 도수가 들어 주고 미나가 말을 하는 추임새였다.

　"회장님, 아니, 도수 씨라고 불러도 되나요?"

　취기가 상당히 오른 미나는 끈적거리는 눈빛으로 도수에 물었다.

　"그렇게 하셔도 됩니다."

　"역시 쿨하시네요. 정말 도수 씨처럼 남자다움이 넘치는 사람은 처음으로 봐요. 진작 도수 씨와 같은 분을 만났으면 후딱 시집이라도 가서 애기 낳고 살았을지도 모르는데."

　"과찬이십니다."

　"애인은 있으세요?"

　"없습니다."

　유정의 존재가 마음에 걸렸지만, 어쩔 수가 없었다. 지금은 사적인 일이 아니라 공적인 일이니까.

"정말요? 놀라워라. 이렇게 멋진데. 여자들이 가만히 놔둘 리가 없을 텐데요."

미나는 짐짓 놀랐다는 표정을 지으며 말했다.

"정말입니다. 그동안 너무 바빴거든요. 지금도 그렇고요. 한창 바쁘게 돌아갈 때니까요. 사업 확장도 해야 하고……."

"사업 확장을 또 해요? 지금도 벌여 놓은 사업이 몇 개나 있잖아요."

"이왕 하는 김에 공격적으로 나가려고 합니다."

"무슨 사업을 하시게요?"

걸렸다.

도수는 내심 쾌재를 불렀다.

"소프트 회사를 차려 볼까 합니다."

"소프트 회사라……."

"게임 회사를 겸하려고 생각 중입니다. 사람들은 게임 회사를 한 단계 낮춰 보는 경향이 있지만, 벌어들이는 돈은 어마어마합니다. 제대로만 된다면 현율 실업이 몇 배나 성장하는데 도움이 될 겁니다."

"노하우가 꽤 있어야 할 텐데."

"네, 사실 나진 소프트와 얘기를 해 보고 싶은데, 기획서도 몇 번이나 넣어 보고요. 하지만 그쪽에서는 저희와 합작할 마음이 없나 보더군요. 워낙 대기업이라서 그런가 봅니다."

"나진 소프트요?"

미나는 되물었다.

"네, 우리나라에서 나진 소프트만 한 기업이 없거든요."

"후후, 그쪽에 아는 사람이 좀 있는데."

"정말입니까?"

"네, 꽤 친해요."

"누구?"

"김형태라고 아실까 모르겠네요."

"김형태라면…… 나진 소프트의 사장 아닙니까. 나진 기업의 셋째 아들이기도 하고."

"맞아요, 잘 아시네요."

"당연히 알 수밖에 없죠. 대한민국을 이끌어 나갈 차세대 기업인 아닙니까. 모르는 게 이상하죠. 그런데 정말로 그분을 아십니까?"

"네, 서로 오랫동안 알고 지냈거든요. 후후, 연결시켜 드릴까요?"

"저야 그럼 감사하죠. 그렇게만 된다면 제가 미나 씨를 도와드리는 것이 아니고, 미나 씨가 저를 구해 주는 겁니다."

"호호호, 설마 그렇기야. 대신 조건이 있어요."

"어떤?"

"저와 데이트를 하시죠."

그녀가 말을 하는 데이트란 평범한 사람들이 하는 데 이트가 아니었다.

뭔가를 노골적으로 요구한다. 눈동자에서 심한 성적 갈증을 느낄 수가 있었다.

물러날 수는 없었다.

"그렇게 하죠."

"아싸, 그럼 우리 도수 씨는 내꺼."

미나는 발끝으로 도수의 종아리를 톡톡 건드렸다.

그때였다.

미나의 전화기에서 전화벨이 울렸다.

화면에는 김형태라고 선명하게 적혀 있었다.

"아이고, 양반은 못되는 사람이네요. 어떻게 딱 맞춰 서 이렇게 전화가 올까. 잠시 만요."

그녀는 전화기를 들고 자리에서 일어났다.

속삭이듯이 뭔가를 말하지만 도수의 귀에는 들리지가 않았다.

잠시 후 돌아온 그녀는 핸드백을 챙겼다.

"이거 미안해서 어쩌죠. 아무래도 가 봐야 할 것 같아 요."

"아닙니다. 바쁘시면 먼저 일어나세요."

"네, 죄송해요. 대신 확실하게 김형태 사장에게 말을 해 놓을게요."

"감사할 따름입니다."

미나는 핸드백을 어깨에 메고는 도수의 귀에 입술을 가져다 댔다.

"전화할게요."

그러고는 살짝 귓불을 물었다. 그녀는 도수를 향해 한 쪽 눈을 찡그리고는 바를 나섰다.

도수는 자리에 앉아 있었다. 남은 양주를 잔에 붓고는 한 번에 마셨다.

김형태……

이제 곧 네놈의 낯짝을 볼 날이 오겠구나.

도수의 한쪽 입술이 말려 올라갔다.

웃고는 있지만 얼굴 근육이 경직되어 있었다.

그의 얼굴을 본 바텐더는 자신도 모르게 흠칫거리며 놀라고 말았다.

4.
평범한 하루

CITY OF
WILD BEAST

아침에 눈을 떠 보니 세상이 달라졌다는 말이 있다.

평범한 사람들은 극히 겪을 수 없는 희귀한 일이었다. 로또가 맞거나, 결혼하려던 여자 친구가 어느 나라의 공주였다거나, 갑자기 마당에서 석유가 튀어나오지 않는 한 있을 수가 없는 일이기도 했다.

하지만 연예계에서는 그런 일이 종종 발생한다.

우여곡절을 겪은 한 남성 가수의 뮤직비디오가 인터넷에서 대박이 터져 순식간에 월드스타가 된 경우가 바로 그런 일에 속했다.

바로 텐잡스가 그러했다.

현율 실업에서 멀지 않은 곳에는 직원 숙소가 있었다.

오피스텔 한 층을 모두 임대해 집이 먼 직원들을 이용하게 했다.

　소정의 임대료만 되면 나머지는 회사에서 알아서 해주었다.

　하나 무상으로 숙소를 이용하는 사람들이 있었다. 미성년자인 텐잡스의 멤버들이 그러했다.

　리사는 깊은 잠에 빠져 있었다.

　그녀는 미성년자이기에 술을 마시지 않는다. 민수창이 아예 먹이지도 않았다.

　간혹 어린 연습생들에게 성접대와 술접대를 강요하는 기획사가 있다고 하지만 H—엔터테이먼트는 절대로 그러지 않았다.

　회장의 강력한 지시가 있기 때문이었다.

　또한 최소한의 교양을 쌓아야 한다며 학업도 소홀히 해서는 안 되었다.

　예전 같은 연습생들 중에 두 명이 학교를 빼 먹고 남자 친구와 여행을 갔다 민수창에게 걸려 바로 퇴출을 당하는 경우도 있었다.

　그녀들은 H—엔터테이먼트를 욕하며 다른 기획사로 옮겼다는 소리가 들렸지만 지금은 어떻게 됐는지 아무도 알지 못했다.

　모두가 어제는 신나게 놀았다.

　술을 먹지 않아도 재미있게 놀 수가 있었다.

그 나이 때는 나름의 놀이로 시간을 보낼 수가 있었다. 그녀들은 침대 위에도 올라가서 소리도 지르고, 주전부리를 잔뜩 사서 먹으며 수다도 떨었다.

우리도 할 수 있다, 라며 의지를 불태우기도 했다. 그녀들은 새벽 3시나 되어서야 잠이 들었다.

그리고 전화벨이 울렸다.

"여…… 보세요."

리사는 힘겹게 손을 뻗어 전화를 받았다. 누군지는 확인도 하지 않았다.

눈이 떠지지가 않았다.

—애들아. 나다!

민 실장이었다. 그의 목소리는 무척이나 격양이 되어 있었다.

"무슨 일이세요. 오늘은 푹 쉬라면서요."

—쉬긴 뭘 쉬어. 스케줄이 잔뜩 있구만.

"네? 그게 무슨 말씀이세요."

리사는 손등으로 눈을 비비며 자리에서 일어나 앉았다. 길게 하품을 하고는 무슨 소리냐고 물었다.

—대박이다! 대박!

"대박이요?"

대박이라는 말을 듣는 순간 뭔가 감이 딱 하고 온다. 눈이 떠지고 가슴이 심하게 뛰기 시작했다.

민수창이 대박이라고 할 만한 것은 딱 하나밖에 없었

다. H—엔터테이먼트 소속의 연예인들은 갓 데뷔한 텐잡스와 미나밖에 없었다.

미나는 다른 매니저가 관리한다.

이제껏 만나 볼 기회도 거의 없었다.

민수창이 호들갑을 떨며 미나가 대박이 났다고 전화할 이유는 하나도 없었다.

있다면 딱 하나!

—그래, 이년들아. 인터넷 켜 봐라. 텐잡스, 리사, 두 단어가 실시간 검색순위 1, 2위다.

"저, 정말이요?"

믿기지 않아서 되물었다.

—당연하지. 그뿐인 줄 아냐? 지금 모든 음원 차트에 텐잡스의 노래가 올랐다. 올 킬이라고 들어 봤냐? A급 스타들만이 할 수 있다는 올 킬 말이다.

리사는 수화기를 손으로 막고 동료들을 깨웠다.

동료들도 이미 뭔가를 눈치채고 눈을 뜨고 있던 중이었다.

리사는 소리가 나지 않는 비명을 질렀다.

그리고 '우리 대박 났데. 매스컴에서 온통 우리 얘기래' 라고 작게 말했다.

소녀들을 벌떡 일어나 부둥켜 안고 소리를 질렀다. 글로리아와 소냐는 울음을 터트리기까지 했다.

—오늘 오후부터 당장 스케줄 잡혀 있어. 한 시간 뒤

에 데리러 갈 테니까 모두 미장원 갈 준비해.

"네, 알겠습니다."

리사는 씩씩하게 대답했다.

그간의 힘들었던 고생이 한순간에 씻겨 내려가는 것 같았다.

좋은 일은 연달아 터진다.

그것은 현율 실업 이미지를 높이는 데 무척이나 큰 역할을 했다.

미나 주연의 에로시티즘 사극이 쟁쟁한 경쟁작들을 뚫고 주말 관객 누적 순위 1위를 차지한 것이다.

사실 그녀가 주연한 영화가 1위를 할 것이라고 예상한 전문가는 많지 않았다.

일단, 19세 이상 관람 등급을 받은 것부터 불이익으로 작용했다.

또한 전 세계적으로 공전의 히트를 기록하고 있는 리벤져 시리즈가 개봉하여 한국 관객들을 휩쓸고 있는 중이었다. 대부분의 한국 영화들은 리벤져 시리즈를 피해서 개봉 날짜를 미룬 상태였다.

상황이 무척 좋지 않은 셈이다.

그런데 성인 등급의 한국 영화가 도전장을 내밀어 대박을 치고 만 것이다.

세계적으로 유명한 감독이지만, 본인까지 얼떨떨할 정

도로 큰 히트를 기록했다.

여러 가지 분석 요인이 있지만 미나의 충격적인 변신이 한몫을 했다는 것은 부인할 수가 없었다.

매일 아침 신문에서는 미나를 집중 조명했고, 여왕의 부활이라는 말도 서슴지 않고 사용했다.

도수도 축하 전화를 꽤나 많이 받았다.

돈을 벌기 위해 시작한 사업은 아니었지만 결과적으로 큰 도움이 됐다는 것은 부인할 수가 없었다.

민수창의 도움이 컸다.

이번 일로 인해서 회사 내 민수창의 위치도 올라갔다. 이미지도 많이 나아졌다.

항상 의기소침한 모습을 보였던 그의 어깨도 당당히 펴고 다닐 수가 있게 되었다.

18시가 되자 도수는 칼퇴근을 했다.

일이 한참 밀려 있었지만 오늘은 늦게까지 남아서 일을 할 수가 없었다.

바로 기현의 아이가 태어났기 때문이었다. 며칠 동안 기현은 싱글벙글해서 다녔다.

직원들이 '실장님, 입 찢어지겠어요' 라고 놀리기도 했다.

바늘로 찔러도 피 한 방울 나오지 않을 것이란 소문이 돌던 그였다.

그만큼 회사 내에서는 표정의 변화가 없었다. 그렇지

만 아들이 태어나니 절로 미소를 짓고 다녔다.

보기가 좋았다.

도수는 유정과 만나 기현의 아이를 보러 가기로 했다. 기현은 기다리고 있을 테니 오시라고 대답했다.

"기현 형님이 계신 곳으로 바로 갈까요?"

도수가 차에 타자 수태가 물었다.

회사에서 도수의 활동 반경을 모두 꿰고 있는 사람은 단 두 명이었다.

진아와 수태.

진아가 스케줄을 정리해서 수태에게 넘겨 주는 것이다.

당연히 둘이 말을 나누는 일이 많아졌고, 언젠가부터 둘 사이의 핑크빛 무드가 생겨났다고 여직원들이 말하는 것을 들었다.

"아니, 고려일보 앞으로 먼저 가자."

"형수님 데리러 가시는 겁니까."

"형수님은 무슨."

도수는 고개를 끄덕였다. 형수님이라는 말은 듣고 있으면 아직도 쑥스러웠다.

"그나저나 너는 어때?"

도수가 물었다.

"무엇을 말씀입니까?"

말의 앞뒤가 잘려져 나가 수태는 도수의 말을 알아들

을 수가 없었다.

"뭐긴, 채 비서와 말이야."

"채, 채 비서 말입니까."

수태는 말을 얼버무렸다.

그의 성격상 당황하거나 말을 더듬거릴 때는 거의 없었다. 보지도 못한 것 같았다. 하지만 지금 그는 분명 말을 더듬었다.

그런 행동이 귀엽기도 하고 신기하기도 했다.

"그래. 둘이서 사귄다는 소문이 있던데."

"누, 누가 그럽니까."

"회사에 소문이 다 났던데."

"무슨 소문이 났길래."

"뭔 소문이긴. 너와 채 비서가 사귄다는 소문이지."

수태는 뒷머리를 긁적거렸다.

나름 감춘다고 애를 썼지만 어느새 둘에 대한 소문이 파다하기 퍼진 모양이었다.

"재미가 좋나 보군."

"아, 아직 사귀고 뭔가 하는 단계는 아닙니다. 몇 번 같이 밥 먹고, 한 번 영화 본 것이 다인걸요."

"나도 나지만 너도 너다. 사람들은 그것을 보고 데이트라고 부른다고 하지. 아마도."

"그런가요? 그런 것이 데이트였군요."

수태의 얼굴이 홍시처럼 붉어졌다. 그가 여자를 사귀

지 않았던 것은 아니었다.

아니, 따져 보면 수십 명의 여자를 거쳤다.

건달 시절 손만 내밀면 잡히는 여자들은 많았다. 그와
살림을 차리고 싶어 하는 여자들도 종종 있었다.

하지만 그가 원하는 것은 여자들의 육체였지, 같이 살
고 싶은 사람이 아니었다.

술은 자주 마셨다.

술을 마시고 같이 몸을 섞고 다음 날 일어나면 언제
그랬냐는 듯이 옷을 입고 모텔을 나오고.

그게 다였다.

진아처럼 같이 밥도 먹고 영화를 본 적은 맹세코 단
한 번도 없었다.

어찌 된 일인지 진아 앞에만 서면 가슴이 쿵쾅거리며
뛰고, 말도 함부로 할 수가 없었다. 진아는 그런 수태를
보며 깔깔거리며 웃었다.

창피했지만 화를 낼 수는 없었다.

그녀는 도수의 수석 비서였다. 누구나 인정하는 능력
이 엄청난 여자이기도 했다.

그녀가 없다면 현율 실업은 제대로 돌아가지 않을 것
이란 말도 있었다.

당연히 함부로 하기가 어려운 여자였다.

도수의 여자 친구인 유정과는 별개로 어려웠다.

그런 그에게 진아가 먼저 손을 내밀었다.

"수태 씨, 저녁에 뭐해요?"

"뭐하긴요. 회장님 수행해야죠."

"회장님 퇴근하시면요."

"집에 가서 자야죠."

"매일 생활 패턴이 그래요?"

"별게 있나요. 회장님이 위험에 노출되어 있는 것은 아시잖아요. 한시도 눈을 뗄 수 없어요."

"그러니까 회장님 퇴근하시면 저랑 같이 밥 먹고 영화나 봐요."

그 말을 들었을 때 수태는 심하게 딸꾹질을 했다.

어쩐지 못 들을 말을 들은 것만 같았다.

놀란 진아는 물을 가져와서 수태에게 먹이고 등을 두드려 주었다.

"남자가 소심하긴."

이 말이 결정적이었다.

어쩐지 욱한 마음이 솟구쳤다. 그녀는 진아의 눈을 똑바로 보며 말했다.

"합시다. 그거."

"뭐요?"

"밥 먹고 영화 보는 거."

둘의 만남은 그렇게 시작했던 것이다.

"채 비서 말이야."

도수가 말을 이었다.

"네, 회장님."

"내가 그렇게 많은 여자를 겪은 것은 아니지만, 이거 하나는 확실히 말을 할 수 있어. 채 비서는 굉장한 여자야. 좋은 여자이기도 하고."

극찬이었다.

도수에게 이런 칭찬을 들은 사람은 없을 것이다. 기현에게도 이런 칭찬을 하지 않았을 것이다.

채진아는 그만큼 도수에게 인정을 받고 있었다.

그런 여자가 자신에게 호감을 갖고 있다고 생각하자 어쩐지 어깨가 우쭐거리는 수태였다.

"잘해 주라고."

"네, 회장님."

"그리고 말이야. 자네를 무시하는 것은 아니지만, 감당 못 할 수도 있어."

"명심하겠습니다."

*   *   *

유정은 카메라 기자인 김 선배와 커피를 한 잔 마시고 있었다.

사회부 기자인 그들은 주말을 반납할 정도로 바빴지만

간혹 오늘처럼 한가한 날도 있었다.

보통의 직원들처럼 아침에 경찰서로 출근한 후 소소한 사건을 취재하고 회사로 들어와 점심 식사를 했다.

그리고 원고를 정리한 후 편집장에게 넘겼다.

남은 것은 위에서 OK사인이 떨어지는 것만 같았다.

"요즘 남자 친구 잘 안 만나나 봐."

김 선배가 커피를 홀짝이며 물었다.

"남의 사생활을 왜 신경 쓴데? 가정에 충실하셔. 집에 좀 제때 들어가고. 선배가 집에 안 들어가면 언니한테 전화가 온단 말이야."

유정은 입을 삐죽이며 말했다.

"여기서 왜 집안일이 나온데? 인마, 그냥 물어본 거잖아. 그 덩치 큰 남자 친구가 근래 들어 잘 보이지 않는 것 같아서 노파심에 물어본 거지."

"잘 만나고 있습니다. 오빠가 바빠서 시간이 없는 것뿐이네요."

"남자 친구가 그래? 바쁘다고? 허허, 남자가 바람나면 일단 바쁘다고 핑계를 대면서 여자를 멀리 하지. 그리고 시간이 지나면 이별을 통보해."

"얼씨구, 자기 얘길 오빠와 연결 지어서 하지 말라고요. 그런 사람 아니니까."

"정말이라니까. 남자는 남자가 봐야 가장 잘 아는 법이야."

"그러고 보니 선배도 우리 오빠 본 적이 있지."

"예전에 두 번인가 봤지, 아마?"

"그 사람이 바람을 필 남자로 보여요?"

유정의 말에 김 선배는 뭔가를 골똘히 생각하는 표정을 지었다.

그의 머릿속에는 미국 프로레슬링에서나 볼 수 있는 거구의 도수가 떠올랐다.

얼굴에는 자상도 있었다.

갑자기 김 선배는 몸을 부르르 떨었다.

"내가 말을 잘못했어."

"뭐가요?"

"자네가 바람을 피지 마. 그 남자한테 걸리면 살인 날지도 모르겠다."

"악담을 해요, 악담을! 전 그런 여자 아니거든요?!"

"세상일은 모르는 거야."

"도대체 왜 이러실까. 어제 언니한테 바가지 긁혔죠?"

김 선배는 깜짝 놀라며 어떻게 알았냐는 표정을 지었다.

"이봐, 이봐. 이럴 줄 알았어. 괜한 심통을 나한테 푸는구만."

유정은 들고 있던 커피 잔을 쓰레기통에 던져 넣었다.

"어라, 재수 없는 새끼 온다. 가자, 가."

김 선배도 유정처럼 커피 잔을 쓰레기통에 넣으며 말

했다.

"누구?"

"유 대리."

그러고는 앞장서서 사무실 안으로 들어갔다. 유정도 그의 뒤를 쫓았다.

유 대리란 말을 하자 유정은 얼굴을 있는 대로 구겼다. 그는 도수를 봤다.

남자 친구라는 것도 확인했다.

그럼에도 끈덕지게 구애를 펼치고 있었다.

유정은 그만 좀 하라고, 버럭 소리를 지르기도 했다. 하지만 그때뿐이었다.

그것은 김 선배도 알고 있었다. 그렇기에 유정을 끌고 사무실로 들어가려고 하는 것이다.

"유정 씨."

유민호 대리가 유정에게 다가왔다. 유정은 모른 척하며 앞으로 걸어갔다.

유민호가 따라붙었다.

유정은 눈살을 찌푸렸다.

그가 다가오는 소리가 등 뒤에서 들렸다.

소름이 돋는 것 같았다. 스토커로 신고를 하고 싶은 심정이다.

그나마 다행인 것은 퇴근 이후에는 거의 연락을 하지 않는다는 것이다.

얼굴을 보면 사랑한다, 제발 나랑 사귀자, 행복하게 해 주겠다, 라는 말을 늘어놓지만 퇴근을 하게 되면 일절 그런 일이 없었다.

어쩌면 증거를 남기지 않으려고 그러는지도 몰랐다.

유민호가 유정의 어깨를 잡았다. 벌레가 어깨에 붙은 느낌이었다.

그녀는 유 대리의 손을 탁 쳐 내며 앙칼지게 소리쳤다.

"아, 진짜 왜 이래요?!"

"내가 뭘 어쨌다고 그래."

"무슨 말하려고요."

"저녁에 시간이 있나 해서."

"없어요."

"그러지 말고 시간 좀 내. 긴히 할 말이 있어서 그래."

"저는 할 말 없어요. 다른 사람 알아보세요."

"왜 이러실까. 마도수라고 그랬지? 유정 씨, 남자 친구."

정말 귓방망이라도 한 대 치고 싶었다.

여기서 왜 도수의 이름이 나온다는 말인가.

"그런데요."

"혹시 몰라서 좀 알아봤지. 내가 나름 이 바닥에서 유능하다는 소리를 듣잖아. 유정 씨가 질이 나쁜 남자에게 걸린 것 같아서 말이야. 유정 씨, 그 자식 뭐하는 놈인지 모르지? 아주 악질적인 놈이라고."

기가 차다.

"어디서 놈놈 하는 거예요. 유 대리님보다 훨씬 나이도 많다고요."

"나이가 많건, 적건 무슨 상관이야. 나는 유정 씨가 걱정돼서 그런 건데. 이따 시간 내. 내가 알아온 정보를 가르쳐 줄게."

"필요 없거든요. 부탁이니까 제발 저 좀 그냥 놔두세요. 스트레스는 유 대리님이 저한테 주고 있다고요."

"알았어, 알았어. 일단 좀 있다 봐. 유정 씨도 기겁을 할 거야."

"더 이상 들을 말도 없고, 하고 싶은 말도 없네요. 전 그쪽 만날 일이 없으니까 그런 줄 아세요."

짜증이 솟구친 유정은 사무실 안으로 들어가 버렸다. 뒤에서 유민호의 목소리가 들렸다.

"기다리고 있을게. 정말이야. 그놈에 대해서 알게 되면 기절을 할 거라고."

이놈의 회사를 그만두든지 해야지. 짜증이 나서 못살겠다.

유정의 얼굴은 있는 대로 구겨졌다. 오늘은 기분이 좋은 날이었다.

오래간만에 도수도 만나고, 친구인 민희도 만나는 날

이었다.

민희는 퇴원을 해서 강남 조리원에 있었다.

하루에 두 번 면회가 되는데, 그 시간에 맞춰서 갈려면 시간이 빠듯했다.

그런데 유 대리, 이 개자식이 회사 앞에서 진을 치고 기다리고 있었던 것이다.

유정은 급히 등을 돌려 다른 길로 가려고 했지만 이미 늦고 말았다.

"유정 씨!"

유민호가 유정을 불렀다. 그는 구둣발 소리를 내며 유정에게 다가왔다.

짜증이 머리끝까지 치밀어 올랐지만 보는 눈이 많아서 소리를 지르지는 않았다. 그녀는 유민호를 데리고 등나무가 있는 벤치로 갔다.

한때 담배를 피우기 위해 많이들 이용하던 벤치. 하지만 재떨이가 치워지고 이용객 숫자가 확 줄었다.

이제는 점심시간 때나 커피를 마시는 직원들이 종종 이용을 할 뿐이었다.

퇴근 시간이 지나니 벤치를 이용하는 직원들은 보이지 않았다.

유정은 주변에 사람들이 보이지 않자 낮은 음성으로 말했다.

"이봐요, 유민호 씨."

"유민호 씨?"

갑작스러운 반말에 유민호는 황당하다는 표정을 지었다.

눈동자가 뱀처럼 빛난다.

눈동자 깊숙한 곳에서는 반드시 유정은 자빠트리고 만다는 집요함이 서려 있었다.

"그래요. 유민호 씨. 도대체 왜 자꾸 껄떡대는 거예요?"

"내가 언제 껄떡댔다고 그래. 나는 말이야. 어디까지나 유정 씨를 위해서라고. 내가 아까 말했잖아. 유정 씨 남자 친구가 얼마나 악랄한 놈인 줄 아냐고. 나도 깜짝 놀랐어."

"오빠가 뭐요!"

자꾸 도수를 욕하자 유정도 폭발하고 말았다.

그녀는 보는 사람이 있든, 없든 소리를 질렀다.

"어허, 왜 소리를 지르고 그래."

저 유들유들한 얼굴을 손톱으로 할퀴고 싶은 유정이었다.

"오빠 욕 한 번만 더 하면 저도 가만히 있지 않을 거예요."

"아직 유정 씨가 그 자식에 대해서 몰라서 그래. 그 자식은 말이야…… 강남에서 유명한 깡패라고. 우리 기자들이 가장 싫어하는 부류지. 여자들을 개처럼 알고,

서민들의 고혈을 뽑아 먹고. 당신을 위해서 하는 말이
야. 당장 헤어져. 헤어지자고 하면 어떤 해코지를 할지
모르니까, 내가 보호를 해 줄게. 내가 아는 경찰도 꽤
많거든."

"그래서요?"

"그래서라니, 내 말 못 들었어. 그 자식은 죽어도 싼
인간 말종이라고!"

"그래서 어쩌라고요."

"……"

유민호는 말을 멈추고 유정을 유심히 쳐다봤다.

그가 충격적인 말을 했는데도 유정은 별다른 반응을
보이지 않았다.

"뭐야, 설마 알고 있었어?"

"제가 알고 있고 말고가 당신하게 무슨 상관인데요.
제가 경고하겠어요. 다시 한 번 저한테 들러붙으면 경찰
에 신고할 거예요."

유정은 그 말을 끝으로 등을 돌렸다.

그런 유정의 팔목을 유민호가 잡았다.

얼마나 세게 잡았는지 하마터면 비명을 지를 뻔한 유
정이었다.

유민호는 그런 유정의 몸을 힘으로 돌렸다.

유들유들했던 눈빛이 이미 변해 있었다. 뱀의 눈을 보
는 듯하여 유정은 소름이 돋았다.

"씨발 년이, 이거 완전히 걸레구만. 기자라는 자가 깡패 새끼랑 놀아나고."

"뭐? 말 다했어?!"

유정도 한 성격을 한다. 이제껏 참은 것은 같은 직장 동료이기 때문이었다.

상대가 이렇게 나온 이상 그녀도 참을 필요가 없었다.

"이 걸레 같은 년이!"

유민호는 유정의 턱을 잡았다.

그가 등을 가리고 있어 둘의 행동은 사람들에게 보이지 않았다.

턱이 잡힌 유정은 속수무책으로 뒤로 물러났다.

유민호는 유정을 강제로 벤치에 앉혔다.

"내가 오냐, 오냐 해 주니까. 졸라 만만해 보여? 앙! 씨발 년이 뒈지려고! 이런 걸레 년인 줄 알았으면 내가 미쳤다고 잘해 줬네. 그래, 몇 번이나 그 깡패 새끼랑 했어? 좆 나게 하니까 좋았어? 나랑도 한번 해 보자고. 얼마 줄까. 돈 주면 돼?"

"크흑, 이 미친 새끼……."

너무 화가 나서 미칠 것만 같았다.

완전히 이중인격자였다.

이런 놈과 한 사무실을 썼다니 황당할 지경이었다.

당장 이 사실을 경찰에 고발하고 본사에 투고를 넣어야 한다.

이놈에게 당한 여직원들도 꽤 있다고 하더니 소문만은
아니란 것이 확실해졌다.

"씨발, 나도 맛 좀 보자고."

유민호는 혀를 내밀었다.

그의 혀가 유정의 뺨을 훑었다. 아니, 훑으려는 순간
이었다.

누군가 유민호의 뒷덜미를 잡고는 강하게 당겼다. 꽤
나 큰 키의 유민호가 맥없이 당겨졌다.

"오빠!"

유정이 눈앞에 서 있는 거구의 사내를 보았다.

갑자기 눈시울이 붉어졌다.

언제 어디서는 나타나는 슈퍼맨이다. 이 남자라면, 이
남자라면 뭐든 것을 줘도 아깝지 않았다.

"이 깡패 새……."

유민호는 누가 자신을 잡아당겼는지 금방 눈치챘다.

그는 도수를 보며 욕설을 내뱉었다.

하지만 그가 의도한 단어는 끝까지 나오지 못했다. 도
수의 억센 손이 그의 입을 막아 버렸다.

몸을 뒤틀어 빠져나가려고 했지만, 그것도 쉽지 않았
다. 온몸이 압축기에 눌린 것처럼 꼼짝도 할 수가 없었
다.

"읍읍읍."

아무리 발버둥을 쳐도 소용이 없었다.

"참나, 뭐하고 있었어?"

상황과는 전혀 매치가 되지 않는 평온한 말투였다.

그런 도수의 말투에 유정은 잠시 어안이 벙벙한 표정을 지었다.

그래, 내가 사랑하는 이런 남자지.

어떤 상황에서도 눈썹 하나 깜짝 하지 않는 대범함을 가진 남자.

곧 이어 유정은 빙그레 웃었다.

"칫, 보면 몰라요? 오빠가 늦어서 치한한테 당할 뻔했잖아요."

"치한? 이자, 저번에 봤던 회사 동료 아니었나?"

"동료는 무슨, 그냥 스토커예요. 아주 악질적인 스토커죠."

"그래? 어떻게 해 줄까."

"뭘 어떻게 해 줘요?"

"다신 귀찮게 않게 해 줄게."

"됐어요. 저런 인간쓰레기는 내버려 둬도 되요. 충분히 상대할 수 있어요. 한 번 회사에서 불미스럽게 짤려 봐야 정신 차리죠."

인간쓰레기라는 말을 듣자 유민호는 심하게 몸부림을 쳤다.

당장이라도 유정을 때려죽이겠다는 듯이 살벌한 눈빛을 빛냈다.

"충고 하나 하지. 이런 종류의 인간은 끝장을 봐야 돼. 아니면 꽤나 끈질기게 들러붙거든."

"언제까지 오빠의 도움만 받을 수는 없어요. 제가 할 수 있는 일은 제가 할게요."

"그럴래?"

"네."

도수는 고개를 끄덕였다.

확실히 여느 여성들과 달랐다. 보통의 여자라면 겁을 먼저 집어먹었을 것이다.

아니, 유정도 겁을 먹었을지도 모른다.

하지만 당당하게 고개를 들고 좋지 않은 상황을 이겨 내겠다는 의지가 느껴졌다.

그런 유정이 대견했다.

도수는 유민호를 놔주었다.

도수에게 벗어난 유민호는 유정을 향해서 곧바로 달려들었다.

유정은 그런 유민호를 눈 하나 깜짝 하지 않고 지켜봤다.

빠아악!

엄청난 타격음이 터졌다.

동시에 유민호의 몸이 한 바퀴 회전을 했다.

도수의 손바닥이 유민호의 빰을 가격한 것이다.

옆에서 맞았기에 그의 고막이 터지며 더욱 큰 소리를

냈다.

"크흑……. 이 씨발 깡패 새끼, 개걸레 같은 년."

유민호는 귀를 잡고 비틀거리며 일어났다.

도수의 억센 손에 맞았으니 뺨은 금방 부풀어 올랐다.

일이 벌어지자 수태가 달려왔다. 도수는 손을 들어 그를 제지했다.

"괜찮으십니까, 회장님."

"그래, 이건 내가 해결하지."

도수가 유민호를 향해서 한 발 다가갔다. 유민호는 한 발 뒤로 물러났다.

막무가내로 덤벼서 당할 수 있는 상대가 아니라는 것을 알았다.

"이 깡패 새끼야. 너 내가 누군 줄 알아! 넌 끝장이야. 내일 당장 콩밥 먹을 준비해! 우리 아버지가 변호사, 우리 작은 아버지는 경찰이야!"

도수는 팔을 뻗어 유민호의 멱살을 잡았다. 그러고는 다른 한 손으로 그의 뒷주머니를 뒤져 지갑을 꺼냈다. 꺼낸 지갑을 수태에게 던졌다.

"이 자식, 주소 알아내. 그리고 신상 털어."

"알았습니다, 회장님."

지갑을 주운 수태는 고개를 끄덕였다.

"네 아비가 누군지, 가족이 누군지 관심 없다. 내가 관심 있는 것은 내가 보호해야 할 사람들뿐이야. 경고하지. 한 번이라도 더 유정에게 피해를 끼치면 너만으로 끝내지 않을 거야. 니 부모, 가족, 일가친척까지 모조리 잡아내서 껍질을 벗겨 버리겠다. 나보고 깡패라고 했지? 맞아, 깡패야. 만에 하나 이런 일이 한 번 더 생기면 내가 어떤 깡패인지 보여 주지."

도수는 화단에 유민호를 던져 버렸다.

상당한 체구의 유민호가 붕 떠서 화단에 떨어졌다.

그는 화단에 엎어진 채 일어나지 않았다.

아니, 못했다.

다리가 부들부들 떨려서 일어날 수가 없었다.

그는 도수의 눈빛을 정면으로 보았다.

30 평생을 살아오면서 그토록 살벌하고, 무심한 눈빛을 본 적이 없었다.

마도수란 자.

그의 말은 협박이 아니었다.

"가지."

도수는 유정의 손을 잡았다.

유정의 얼굴이 밝아졌다.

둘은 아무 일도 없었다는 듯이 회사 건물 밖으로 나아갔다.

수태가 쓰러져 있던 유민호에게 다가갔다.

그는 한쪽 무릎을 꿇고 지갑으로 유민호의 뺨을 '찰싹 찰싹' 때렸다.

"어이, 유민호, 서초구에 사는구만. 사람을 봐 가면서 협박질을 해야지, 회장님이 어떤 분이신지 알고. 회장님은 마음이 좋으셔서 경고로만 끝냈지만, 나는 아니야. 당신, 정말로 죽어. 몸조심하면서 살라고."

수태는 유민호의 주민등록증을 챙기고는 머리에 지갑을 던졌다.

그리고 도수의 뒤를 쫓아서 천천히 움직였다.

5.
사랑의 찬가

CITY OF
WILD BEAST

도수와 유정, 수태는 강남에 있는 산후조리원을 찾았다.

유 대리와 있었던 불쾌한 일은 금방 잊었는지 유정은 기분 좋게 대화를 이끌었다.

그런 유정을 보며 도수와 수태는 빙그레 미소를 지었다. 수태도 방금 전에 있었던 일을 처음부터 목격했다.

그조차 머리끝까지 화가 치밀어 오를 정도였다.

겉으로는 담담한 척하지만 도수의 심정은 더욱 들끓었을 것이다.

가장 놀란 것은 유정의 태도였다.

보통의 여자가 그와 같은 상황에 처한다면 정신을 차리지 못할 정도로 극한 두려움을 느꼈을 것이다. 그걸 잘 알았기에 유민호라는 놈이 그런 짓을 했을 테고.

하지만 유정은 얼굴색 하나 변하지 않았다.

냉정하게 자신이 처리하겠다고 말했다.

남자들보다 큰 배포였다.

수태는 역시 회장님의 아내가 될 만한 자격을 가진 분이라고 생각했다.

"여긴가?"

도수가 산후조리원을 바라봤다. 산부인과와 1층에 있고 2, 3, F층이 산후조리원이었다.

겉보기에도 꽤나 고급스러워 보였다.

"산후조리원이라……. 이런 데는 얼마나 하나?"

"가격은 천차만별이에요."

유정이 대답했다. 이런 일에 대해서는 남자보다 여자가 훨씬 잘 안다.

그것을 반영하기라도 하듯이 수태는 아무런 말을 하지 않았다.

그의 표정으로 봐서는 산후조리원이 있다는 것 자체가 놀라운 듯했다.

"그래도 평균적인 가격이 있을 것 아니야."

"음, 평균적으로 200만 원 정도 할 거예요."

"여기도?"

"여기는 조금 더 비싸요. 민희 말로는 400만 원 조금 넘는다고 하던데요."

"그렇게 비싸?"

"사실 조금이라도 싼 곳으로 갈려고 했대요. 그런데 민희 어머니하고 아버지가 초산은 극구 조심해야 한다면서 조금이라도 더 좋은 산후조리원을 찾은 거죠."

도수는 고개를 끄덕였다.

월급쟁이들은 한 푼이라도 더 아끼려고 한다.

이제는 본인들의 입장에서만 생각하는 것이 아니라 부모가 된 입장에서 생각해야 되기 때문이다.

그렇기에 자신들에게 들어가는 돈은 조금이라도 아끼고, 그 돈으로 아이들에게 더 좋고, 맛있는 것을 사 주려고 했다.

민희도 그런 입장인 것이다. 하지만 그녀의 부모님 입장에서는 달랐다.

손자보다는 딸의 건강이 최우선이었다.

일행은 엘리베이터에 올라탔다.

2층이라 걸어서 갈 수 있지만 유정이 하이힐을 신어 엘리베이터를 타기로 했다.

2층으로 올라가자 XX산후조리원이라는 글씨가 문 앞에 적혀 있었다.

문은 두 개로 되어 있었다.

처음 문을 열자 버튼을 눌러 주세요, 라고 적힌 푯말이 보였다.

버튼을 누르자 '치익' 소리를 내며 양옆에서 흰색 연

기가 흘러나왔다.

소독약인 것 같았다.

두 번째 문을 열자 내부가 드러났다.

조명이 맑고 은은한 향나무가 흐르고 있고, 가운을 입은 젊은 엄마들이 천천히 돌아다녔다.

"어떻게 오셨어요?"

흰색 가운을 입은 안경을 쓴 중년의 여인이 다가와 물었다.

"친구가 이곳에 있어서요. 만나 볼 수 있을까요?"

유정이 대답했다.

"산모분의 이름이 어떻게 되시죠?"

중년여인이 되물었다.

"현민희입니다."

"아, 그제 들어오신 분이네요. 혹시 감기 걸리신 분 없으시죠?"

"네, 없습니다."

"그럼 잠시만 기다려 보세요."

원장은 안으로 들어갔다.

잠시 후, 얼굴의 붓기가 빠지지 않은 민희와 기현이 밖으로 나왔다.

"형님, 형수님, 오셨습니까. 수태도 왔어?"

기현이 반갑게 그들을 맞았다.

그들은 면회실이라고 적힌 곳으로 들어갔다.

면회실이라고는 하지만, 겨우 다섯 명이나 들어갈 수 있을 정도로 작았다.

면회 시간도 30분 정도로 짧았다. 오래 있을 수는 없었다.

"제수씨, 축하드립니다. 고생하셨어요."

"그러게요. 참 고생 많이 했죠. 아이 낳는 것이 이렇게 힘든 줄은 몰랐어요."

민희는 한결 밝아진 얼굴로 말했다.

"둘째는 딸로 낳아야지."

기현이 옆에서 거들었다.

"엥, 누가 둘째 낳는데?"

"첫째가 아들이면, 둘째는 딸이어야지. 그래야 맞지. 혼자서 얼마나 외롭겠어."

"나보고 이 고생을 한 번 더 하라고?"

민희가 기현을 바라보며 눈을 치켜떴다.

손을 들어 그의 옆구리를 꼬집기도 했다.

"하나면 더 낳으면 안 돼? 저렇게 애기가 예쁜데."

"그건 그거고, 애기는 내가 낳거든요."

민희와 기현은 티격태격 거렸다. 싸우는 것으로 보이지는 않았다.

오히려 그 모습이 무척이나 정겨워 보였다.

눈빛에서 서로에 대한 존중이 엿보인다.

"애기는?"

유정이 물었다.

"아참, 내 정신 좀 봐. 짜잔, 우리 아들."

민희는 면접실 뒤쪽에 있는 커튼을 옆으로 당겼다. 신생아실이 보였다.

간호사처럼 가운을 입은 중년의 여직원이 아이들을 돌봤다.

대략 20개 정도 되는 인큐베이터 안에는 여섯 아이들이 곤하게 잠을 자고 있었다.

모두 똑같이 생겨 얼굴을 구분할 수는 없었다.

깨끗한 타월로 몸을 감싸고 얼굴만 내놓은 채 새근새근 잠을 잔다.

"여기, 여기."

민희가 창문 앞에 있는 아기를 가리켰다. 세 명의 아기가 나란히 누워 있었다.

"누구?"

"가운데 있는 애기."

"오, 정말, 완전 신기하다. 너무 예뻐. 어머나, 아빠를 좀 닮은 것 같은데?"

유정은 연신 감탄사를 내뱉으며 말했다.

"그지그지. 씨도둑은 못한다고 하더니, 완전 아빠랑 똑같이 생겼어."

민희도 기분이 좋은지 약간 음성이 높아졌다.

"그러게, 진짜 신기하다. 정말 예쁘다."

도수는 아기를 바라봤다.

세 아이 중 누가 기현의 아들인지 구별이 가지 않았다.

셋 모두 똑같이 생긴 것 같았다.

머리털이 약간 있고 없고의 차이일 뿐, 도저히 분간이 가지 않았다.

도대체 어디가 기현을 닮은 것인지 도통 알 수가 없었다.

"오빠, 봐봐요. 완전 예쁘죠."

유정은 도수의 팔을 끌어당겼다.

"그래, 예쁘네."

예쁘긴 예쁘다.

인체가 참으로 신기하다는 생각을 한다.

전혀 몰랐던 남남이 만나 사랑을 하고, 결혼을 하고, 아기를 낳는다.

그리고 부모가 된다.

누구나 겪는 과정이지만, 기현과 민희를 보고 있자니 쉬운 일은 아닌 것 같았다.

도수는 부모님을 떠올렸다.

당연한 것처럼 키워지고, 사랑 받았다. 부모님에 대한 자식이라는 것이 너무도 당연했기에 태어나게 해 준 고마움을 느끼지 못했다.

서른 중반이 넘어서야 늦게나마 그것을 깨달은 사실.

"오빠도 결혼하셔야죠."

민희가 도수를 보며 물었다.

"네? 아, 네."

갑작스러운 물음에 도수는 멋쩍은 표정을 지었다.

"우리 유정이 노처녀 되기 전에 얼른 데려가세요."

"야, 아직 노처녀 되려면 멀었거든. 결혼을 빨리 한 건 너야."

유정이 끼어들었다.

"남들이 그러잖아? 결혼이 지옥이라도 한 번쯤은 해 보는 것이 좋다고. 나도 그렇게 생각해. 물론 난 무지하게 행복하다고. 우리 신랑도 가정적이고."

"우웩."

그녀의 말이 너무도 닭살스러운지 유정은 토하는 시늉을 하였다.

"결혼하실 거죠?"

고개를 돌려 민희는 도수를 재촉했다.

그녀는 유정과 도수의 관계가 미지근하다는 것을 알고 있었다.

둘은 사랑한다. 그것은 확실했다.

하지만 진도가 나가지 않는 것이다.

도수는 성격으로 보아 그것은 무척이나 낯선 현실이었다.

덕분에 도수가 유정을 얼마나 아끼는지는 알 수 있었다. 하나, 이렇게 내버려 두면 일 년이고, 십 년이고 평행선을 유지할 것만 같았다.

유정은 가만히 있었다. 내심으로는 도수의 입에서 결혼하겠다, 라는 말을 듣고 싶었다.

결혼을 한다면 언젠가 그와 할 것이라고 여긴다,

그러나 식장에 발을 디디는 순간까지 운명은 어떻게 될지 아무도 모르는 것이었다.

모두가 도수를 바라봤다.

수태도 기현이 과연 어떤 대답을 할 것인가 궁금한지 귀를 쫑긋거렸다.

"할 겁니다."

도수가 대답했다.

"후후후, 그거야 당연하죠. 언제 하실 건데요?"

밀어 붙이기로 작정했는지 민희는 집요하게 물었다.

난감한 사람은 기현이었다.

그는 '왜 그래. 형님, 무안하시게. 그만해' 라고 말했지만 민희는 '내가 뭘, 우리 유정이 시집가야 하잖아' 라며 막무가내로 얘기했다.

"그건 제가 알아서 하죠. 그러니 제수씨는 너무 걱정하지 않으셔도 됩니다."

"아깝다. 얘기 듣고 싶었는데. 봐요, 우리 유정이 실망한 표정이잖아요."

"어머, 내가 언제!"

민희에 말에 유정은 얼굴이 사과처럼 붉어졌다.

그들은 이런 저런 얘기를 나눴다.

대부분이 아기 얘기였다.

그러나 오래 있을 수는 없었다. 면회시간이 오전, 오후, 30분으로 제한이 되어 있어 더 있을 수가 없었다.

"그럼 제수씨 잘 돌봐 드려. 채 비서한테 얘기해 놓을 테니까 며칠 결근해도 괜찮아."

"아닙니다. 형님, 일을 해야 월급을 받죠."

도수의 말에 기현은 뒷머리를 긁적이며 말했다.

"흠, 마음이 편한 대로 해. 제수씨도 몸조리 잘하시고요."

"네, 오빠도 조심해서 들어가고요. 유정아, 조심해서 들어가, 전화할게. 수태 씨도 와 주셔서 감사합니다."

민희는 일행을 향해 고마움의 표시로 고개를 90도로 숙였다.

그들은 산후조리원 밖으로 나왔다. 어느새 하늘에 간판에 불이 들어오고 어둠이 깔려 있었다.

사람들이 분주하게 길을 오고 갔다.

"양 팀장, 오늘은 먼저 들어가도록 해."

도수가 수태를 보며 말했다.

수태도 눈치가 있다. 그는 고개를 끄덕였다.

"주말 잘 쉬십시오, 회장님. 월요일에 뵙겠습니다. 형수님도 좋은 시간 보내십시오."

수태는 도수와 유정에게 고개를 숙여 인사를 하고는

등을 돌려 걸어갔다.

남은 사람은 도수와 유정뿐이었다.

사람들이 사라지자 유정은 도수에게 팔짱을 꼈다.

"우와, 오래간만에 오라버니와 데이트네."

"그렇군."

도수도 고개를 끄덕였다.

"우리 어디로 갈까요?"

"음, 네가 원하는 곳으로 가자."

"소주 한잔?"

"싫어. 차라리 그냥 걷자."

"헤헤, 네."

둘은 팔짱을 낀 채로 어두워진 밤거리를 향해서 걸어
갔다.

*　　*　　*

도수는 자신이 가지고 있는 정장 중에서 가장 깔끔한
옷으로 입었다.

좀처럼 메지 않는 넥타이도 착용했다. 얼마 전에 사
놓은 구두도 신었다.

향수도 뿌렸다.

지금의 모습을 유정이 본다면 놀라서 기절할 것이다.

이제껏 도수는 멋을 내 본 적이 없었다.

어렸을 적에는 여자들의 시선에 신경을 쓰기는 했지만, 교도소를 갔다 온 후로는 그런 쪽 거의 신경을 쓰지 않았다.

가슴이 진정되지 않는다.

밤을 거의 뜬 눈으로 지새웠다.

거울을 봤지만 다행히도 눈은 충혈 되지 않았다.

그는 집 밖으로 나와 SUV 승합차에 올라탔다. 퇴원을 앞두고 있는 기동에게 빌린 차였다.

기동은 SUV 승합차 마니아였다. 새로운 차종이 나오면 사지 않고는 배기지 못했다.

일 년에 바꾸는 차만 세 번이나 된다고 하니, 얼마나 차를 사랑하는지 알 수 있었다.

기동에게 빌린 최신형 외제차에 올라탄 도수는 시동을 걸었다.

오늘은 일생일대의 도전을 하려고 한다.

평상시에 유정은 편안한 옷을 즐겨 입는다. 티셔츠나 청바지 혹은 트레이닝복을 주로 입었다. 화장은 거의 하지 않았다.

화장을 하지 않는다고 해서 도수가 뭐라고 하지 않는다. 오히려 화장을 하지 않는 것을 좋아했다. 맨얼굴이 훨씬 예쁘다나, 뭐라나.

덕분에 유정은 도수를 편안하게 만날 수가 있었다.

하지만 오늘은 그렇지 않았다. 뭘 입지, 라고 생각하며 옷장을 이리저리 뒤졌다.

원피스를 입어도, 투피스를 입어도 마음에 들지 않았다.

어젯밤 도수가 한 말 때문이었다.

—계속해서 생각을 해 왔어. 이제는 말을 해야 할 것 같아서 말이야. 내일 시간 좀 꼭 내 줘. 너한테 할 말이 있어.

처음에는 무슨 말인지 알 수 없었다.

침대에 누워서 도수의 말을 곰곰이 생각해 보았다. 갑자기 얼굴이 붉어졌다.

도수는 긴장을 하는 타입이 아니다. 그런 그가 긴장을 한다는 것을 느꼈다.

그가 할 말은 하나밖에 없었다.

프로포즈.

'으악, 어떡해' 라며 유정은 곰인형을 안고 침대를 뒹굴었다.

도저히 잠을 이룰 수가 없었다.

그녀는 새벽 4시에 일어나 물통을 들고 뒷산 약수터에 갔다 왔다.

새벽 공기를 마시자 밤새도록 뛰었던 가슴이 어느 정도 진정이 되었다.

하나, 도수와 만나기로 한 시간이 다가올수록 가슴은 다시 뛰기 시작했다.

그녀는 새로 사 놓은 속옷도 입었다.

'너무 야하지 않은가' 라고 혼자 생각하며 얼굴을 붉히기도 했다.

"누나, 아침부터 뭔 짓을 하는 거야. 시끄러워 죽겠네……."

유민이 방문을 열며 하품을 길게 했다.

"야, 인마! 내가 누나 방 열 때는 노크 하라고 했지!"

"아이 참, 열려 있었다."

"그, 그래?"

"그래. 그런데 도대체 어딜 가기에 아침부터 패션쇼야? 매형 만나러 갈 때 만날 대충 입더니. 뭐야, 혹시 바람 펴?"

"꼭 니 같은 생각만 한다. 아니야!"

"그럼 저 산더미처럼 쌓여 있는 옷은 뭐야? 결혼식 가는 것도 아닌 것 같고."

"오빠랑 데이트 간다. 됐냐? 그나저나 이거 봐봐, 어떤 옷이 나은지."

유정은 여러 옷을 가져다가 가슴에 대보았다.

"이게 나, 저게 나?"

유민은 머리를 긁적거렸다.

"난 다 똑같아 보이는데. 도대체 무슨 날이길래 아침

부터 생쑈야……."

"아씨, 잔말 말고 잘 봐봐! 이게 좀 더 가을의 느낌이
나나? 아니면 화사한 거?"

유정은 유민의 귀를 잡아 침대에 앉혀 놓고 수십 벌의
옷을 하나씩 보여 주었다.

유민이 보기에 별반 차이가 없어 보였지만 유정은 아
닌 모양이었다.

"그거, 그거. 분홍색 원피스."

"이거?"

"응, 그게 화사하고 좋네."

"그런가……. 알았어. 나가 봐, 옷 갈아입게."

유정은 유민을 밖으로 몰아내고 콧노래를 흥얼거렸다.
유민은 닫힌 방문을 보며 알 수 없다는 표정을 지었다.

도수가 유정을 데리고 간 곳은 강남에 위치한 웨딩샵
이었다.

미리 언질을 해 놨는지 웨딩샵 앞에서 두 명의 여직원
이 대기를 하고 있다가 친절하게 문까지 열어 주었다.

"여긴 왜?"

유정은 의아한 눈길로 물었다.

"오늘은 내가 할 말이 있다고 했잖아. 그러니까 오늘
은 나를 믿고 따라와 주겠어?"

"응, 알았습니다. 오라버니."

두 명의 여직원이 유정을 어디론가 데리고 갔다. 신부 화장을 시키기 위함이었다.

머리를 손질하고 신부 화장을 하는 데만 두 시간이 넘게 소요되었다.

유정은 자신이 변신을 하고 있다고 생각했다. 평상시에 하는 화장보다 훨씬 아름다웠다.

거울 앞에 다른 사람이 앉아 있는 느낌을 받았다.

신부 화장이 끝난 후 여직원들은 유정에게 상당히 많은 양의 웨딩드레스를 보여 주었다.

당황스러울 법도 하건만 유정은 침착하게 웨딩드레스를 꼼꼼하게 살펴보았다. 웨딩드레스를 고르는 데는 한 시간이 넘게 걸렸다.

그녀는 여직원들의 도움을 받아 웨딩드레스를 입어 보았다.

가슴이 살짝 보이고 등이 허리까지 파인 아름다운 드레스.

유정은 여직원들에게 '이런 웨딩드레스는 얼마나 해요?' 라고 슬쩍 물어보았다.

여직원들은 기분 좋은 미소를 지으며 '신랑 분께서 절대 비밀로 해 달라고 하셨습니다' 라고 대답했다.

절대로 비싼 거다, 라고 유정은 짐작했다.

"신부님 나오십니다."

한 여직원이 도수에게 말했다.

곧 이어 화려한 커튼이 양쪽으로 벌어졌다.

30㎝ 정도 높은 무대 위에는 하얀색 드레스를 입은 유정이 서 있었다.

"오오."

도수는 자신도 모르게 탄성을 내뱉었다. 단지 웨딩드레스를 입었을 뿐인데 무척이나 아름다웠다.

눈앞에 있는 여성이 자신이 아는 유정이 맞는지 의아함이 들 정도였다.

"괜찮…… 아요?"

유정이 쑥스럽게 물었다.

"정말 대단해. 내가 본 세상 어떤 여자들보다 아름다워."

"피, 거짓말."

"정말이야."

진심이었다.

첫 번째 웨딩드레스 이후로도 다섯 번이나 다른 드레스를 입어 보았다.

모두가 아름다워서 어떤 드레스를 골라야 하는지 선택을 할 수가 없었다.

유정은 첫 번째 웨딩드레스를 선택했다.

직원들의 조언도 한몫을 했다.

도수도 옷을 갈아입었다. 고급 정장을 입고 나비넥타이를 맸다.

그의 덩치에 맞는 옷을 찾기란 쉽지 않았다.

하지만 미리 재단을 하여 옷을 맞춰 놨기에 가능한 일이었다.

유정에게 프로포즈를 하기 위해 꽤 오래 전부터 준비한 일이기도 했다.

점심때가 지나 그들은 웨딩샵에서 차려 준 점심을 간단하게 먹었다.

"자, 가자."

"어딜요?"

"따라오면 알아."

유정은 웨딩드레스를 입은 채 차에 올라탔다. 직원들이 나와서 차가 떠날 때까지 고개를 숙여 인사했다.

도수와 유정을 태운 차량은 경부고속도로를 타고 천안으로 향했다.

창문을 열자 시원한 바람이 차 안으로 밀려 들어왔다.

"정말 기분이 좋네요."

유정은 창문 밖으로 손을 내밀고 바람을 맞으며 말했다.

"기분이 좋다니 다행이네."

"오빠."

"응."

"고마워요."

"별말을 다한다."

유정은 손을 뻗어 도수의 목을 살짝 안았다.

유정의 온기가 느껴졌다. 도수는 빙그레 웃으며 천안 IC를 빠져나갔다.

그들이 도착한 곳은 한적한 곳에 있는 성당이었다. 건축한 지는 꽤나 오래되어 보였다.

입구에는 한 대의 차량만이 서 있었고, 성당으로 올라가는 계단에는 낙엽들이 가득했다. 바람이 불자 낙엽들이 한쪽으로 치우쳤다.

"운치 좋다. 이런 곳이 있었네요."

웨딩드레스가 끌리지 않게 하기 위해 양쪽 끝을 잡고 계단을 조심스럽게 오르던 유정이 풍경을 보며 감탄사를 내뱉었다.

"응, 오십 년도 더 된 곳이야."

"이런 곳을 어떻게 알았어요?"

"예전에 어머니가 가끔 다니던 곳이야. 나도 어머니와 아버지 손을 잡고 간혹 왔었지."

"그렇군요."

유정은 고개를 끄덕였다.

"자, 가자. 조심해서 올라와."

성당 앞에 다가가자 누군가 서 있었다.

짙은 색의 투피스 정장을 입은 채진아였다. 그녀는 유정을 보고는 반갑게 인사했다.

"오랜만에 뵙네요. 회장님의 비서인 채진아예요."

"아, 네. 안녕하세요."

다소 당황스러운 등장이었지만, 이내 표정을 추스른 유정도 마주 보며 고개를 숙였다.

"오늘은 제가 유정 씨의 수발을 들 거예요. 혼자서 움직이기 힘드시죠?"

"네, 조금. 그런데 황금 같은 주말에 괜히 저희 때문에……."

"걱정하지 마세요. 추가 수당이 붙거든요. 꽤 짭짤해요. 그리고 괜히 혼자 집에서 뒹구는 것보다 훨씬 낫죠. 이런 멋진 풍경도 볼 수 있고. 자, 이리로 오세요."

진아는 바닥에 끌리는 유정의 웨딩드레스를 잡고 성당 뒤쪽으로 향했다.

도수는 성당 문을 열고 안으로 들어갔다. 두 명의 사람이 있었다.

한 명은 주례를 보기 위한 신부님이었고, 다른 한 명은 오르간을 연주할 연주자였다.

하객은 진아를 데리고 온 수태 한 명뿐이었다.

도수는 신부님이 계신 곳으로 걸어갔다. 그리고 그에게 공손하게 인사를 하였다.

"신부님, 다시 한 번 감사드립니다."

"아닐세, 그동안 얼마나 힘이 들었겠는가. 이렇게라도 도움이 된다면 내 마음도 편해질 것일세."

고령의 신부님이었다.

머리가 허옇게 세고 얼굴에 주름도 가득했다.

그는 수십 년 전부터 이곳을 지키고 있는 한 명뿐인 신부님.

부모님과도 잘 아는 사이이기도 했다.

도수는 얼마 전 신부님을 찾아갔다. 변한 도수를 신부님은 알아보지 못했다.

자신이 누군지 설명을 하자 옅은 기억 속에 있던 소년을 끄집어냈다.

그리고 아버님과 어머님은 정정하시냐고 물었다. 도수는 두 분 모두 돌아가셨다고 대답했다.

신부님은 그런 도수에게 여러 덕담을 해 주었다. 도수는 그런 신부님이 무척이나 고마웠다. 진작 한 번 찾아올 것을, 이라고 생각했다.

이곳에서 결혼식을 하고 싶다는 무리한 부탁도 흔쾌히 들어주었다.

"자네라도 행복했으면 좋겠구먼."

신부님이 말했다.

도수는 씁쓸하게 웃었다.

자신도 그랬으면 좋겠다. 하지만 세상에는 그의 적이 너무도 많았다. 아직 해야 할 일도 산더미처럼 쌓여 있었다.

"신부 입장한답니다."

수태가 다가와 도수에게 말을 하고는 하객 자리로 돌

아가 앉았다.

도수는 등을 돌려 성당 입구를 바라봤다.

문이 조심스럽게 열렸다. 환한 햇살이 성당 안으로 비쳐지고.

문이 열리며 꽃을 든 유정이 나타났다.

그녀는 수줍은 듯이 고개를 살짝 숙이고 있었다.

하지만 너무도 아름다워서 꽃향기가 절로 나는 듯했다.

진아가 그녀의 뒤를 따르며 웨딩드레스가 구겨지지 않게 챙겼다.

—따라라라, 따라라라라.

오르간이 울렸다.

웅장한 오르간 소리는 분위기를 더욱 경건하게 만들었다.

유정이 천천히 다가왔다.

도수가 마중을 나가 손을 내밀었다. 유정은 그의 손을 잡았다.

둘은 나란히 단상 위로 올라왔다.

서로가 마주 보았다. 바라보는 눈빛이 따스했다.

도수는 주머니에서 반지를 하나 꺼냈다.

화려한 반지는 아니었다. 아버지가 어머니께 프로포즈를 했던 그 반지였다.

"이유정."

도수는 유정의 이름을 불렀다.

"네, 오빠."

"나와 결혼을 해 주겠니."

드디어 하고 싶던 말이 나왔다.

유정은 살짝 고개를 끄덕였다. 예상을 하고 있던 말이기도 했다.

하지만 그 말을 듣는 순간 눈물이 왈칵 쏟아졌다.

울면 안 돼, 화장이 번진단 말이야, 라고 생각을 하면서도 쏟아지는 눈물을 참을 수가 없었다.

도수는 얼른 주머니에서 손수건을 꺼내 그녀의 눈물을 닦아 주었다.

그리고 반지를 그녀의 손에 끼워 주었다.

"형수님! 형님! 축하드립니다. 오래오래 행복하게 사세요!"

수태가 박수를 치며 큰 소리로 말했다.

그의 옆에서 진아도 손뼉을 쳤다. 그녀도 감정에 치우치는지 손등으로 눈물을 찍어 냈다.

도수와 유정이 몸을 돌려 신부를 바라봤다.

신부의 입이 열리자 경건한 목소리가 흘러나왔다. 그는 길지 않은 주례사를 한 후 도수에게 물었다.

"신랑 마도수 군, 그리고 신부 이유정 양은, 그리스도 앞에 서로를 사랑하며, 목숨이 다하는 그날까지 함께할 것을 약속하겠습니까?"

"네."

"네."

도수는 우렁차게 유정은 작지만 또랑또랑하게 말했다. 그들은 몸을 돌려 서로를 바라봤다.

비록 약식인 둘만의 결혼식이지만, 서로에 대한 깊은 애정을 느낄 수가 있었다.

"나, 마도수는, 아내 이유정을 평생 사랑하겠습니다."

"나, 이유정은, 남편 마도수를 평생 사랑하겠습니다."

도수의 얼굴이 유정에게 다가갔다. 유정은 살며시 눈을 감았다.

둘의 입술이 포개졌다. 따뜻한 기운이 서로의 입술을 타고 주변을 감돌았다.

시간이 멈췄다.

그림의 화폭처럼 언제까지고 그들은 그렇게 있을 것 같았다.

수태와 진아는 이제 시작하는 두 연인을 보며 흐뭇한 미소를 지었다.

6.
비밀 거래

CITY OF
WILD BEAST

화면에 가득 담겨져 있던 동전의 숫자가 모두 사라졌다. 자그마치 100만 원이나 충전을 시켜 놨지만 두 시간도 되지 않아 모두 잃고 말았다.

짜증이 솟구쳤다.

이찬호는 담배를 거칠게 재떨이에 비벼 껐다. 그리고는 목에서 가래를 끌어모은 후 바닥에 뱉었다.

신발로 쓱쓱 문지른다. 옆에서 그것을 지켜본 다른 사내가 더럽다는 듯이 얼굴을 구겼다.

"왜?"

찬호는 그런 사내를 보며 시비를 걸었다.

"뭐요?"

사내는 인상을 쓰며 대꾸했다.

"씨발, 왜 그따위 표정을 짓냐고!"

"이 새끼가, 미쳤나. 돈을 잃었으면 곱게 잃어야지, 어디서 행패야!"

사내가 벌떡 일어났다. 당장이라도 찬호에게 주먹을 날릴 기세였다.

"아, 정말 좆 갔네."

찬호도 자리에서 일어났다. 자리에서 일어나자 상당히 덩치가 컸다.

머리는 짧은 스포츠에 코르덴바지를 입었다. 가죽점퍼까지 입고 있어 언뜻 보면 건달처럼도 보였다.

그는 과거 배도일과 같이 강찬수 밑에 있었던 형사였다. 물론 지금도 형사다.

단지, 상사가 배도일로 바뀌었을 뿐이었다.

도수에게 칼을 찔려 3개월간 병원에 입원을 했던 형사이기도 했다.

하지만 그는 다른 선배들과 달리 경쟁에서 밀렸다.

강찬수와 배도일이 경찰서 서장까지 진급하며 승승장구를 했지만, 그만은 평범한 형사로 남아 있었다.

능력도 뛰어나지 않았고, 성격도 불같아서 자주 사고를 치기 때문이었다.

그가 아직 형사로 남아 있는 이유는 배도일 덕분이었다. 그는 배도일의 어둠.

배도일의 구린 뒤처리를 그가 도맡아서 하여 아직까지

남아 있을 수 있었던 것이다.

그러나 이제 배도일은 그를 찾지 않았다.

그의 많은 구린 구석을 아는 배도일은 이찬호를 멀리하고 있었다.

이찬호는 배도일에게 무척 서운한 구석이 많았다.

술을 마시면 항상 '개새끼, 누구 덕분에 그 자리에 올라갔는데. 이제 와서 나를 토사구팽 시켜? 씨발 놈, 두고 보자' 라는 말을 입에 달고 살았다.

오늘도 그는 아침부터 불법 게임장을 찾아 도박을 하고 있었다.

그가 뒤를 봐주는 업장이기에 출입은 자유로웠다.

업장의 사장은 한 달의 1천만 원이라는 거금을 그의 손에 쥐어 주었다.

찬호는 그 돈을 모두 도박하는 데 사용했다.

중학교를 다니는 두 명의 아들이 있지만, 생활비는 거의 내놓지 않았다.

참다못한 아내가 이혼을 요구해, 아이들을 데리고 친정에 가 있는 상태였다.

집에 아무도 없자 찬호는 더욱 망가져 갔다. 술과 도박이 아니면 하루 일과가 이어지지 않았다.

찬호가 자리에서 일어나자 사내는 주먹을 날렸다.

그는 가볍게 피한 후 사내의 어깨에 손을 넣었다. 팔목을 당기자 사내의 상체가 앞으로 고꾸라졌다.

"악! 팔! 팔!"

사내가 고통스런 비명을 질렀다.

"씨발 새끼, 기분도 엿 같은데 오늘 잘 걸렸다."

찬호는 사내의 어깨를 부러트리려고 손목에 힘을 주었다.

"아아아악!"

어깨에서 뼈가 꺾이는 소리가 났다. 사내는 더욱 큰 소리로 비명을 질렀다.

"아이고, 형님! 업소에서 왜 이러십니까."

거구의 한 사내가 급히 달려와 찬호를 말렸다.

그가 업소의 사장인 채만덕이었다.

지방에서 꽤나 날리던 주먹이었지만, 서울에 입성한 후 별 빛을 보지 못하고 똘마니들을 모아 도박장을 운영하는 자였다.

"아, 놔 봐. 이 씨발 놈이 눈 시퍼렇게 뜨고 지랄을 하잖아."

"제가 처리하겠습니다. 형님, 제발 여기서 이러지 마세요. 손님들 떨어진단 말입니다."

그제야 찬호는 팔을 놓았다.

어깨가 무척이나 아픈지 사내는 주저앉은 채 고통스런 표정을 지었다.

뼈는 어떨지 모르지만 인대는 확실히 늘어났다.

채만덕은 찬호의 팔을 잡고 구석으로 끌고 갔다. 그는

주머니에서 담배 한 대를 꺼내 불은 붙인 후 찬호에게 건네주었다.

"오늘 잘 안 되셨어요?"

채만덕이 조심스럽게 물었다.

"다 잃었다. 도대체 세팅이 어떻게 돼 있는 거야? 하나도 안 터져."

찬호는 거칠게 말했다.

채만덕의 고개를 돌리고 얼굴을 찡그렸다.

'도대체 얼마나 받아 처먹으려고 이 지랄이야' 라며 속으로 욕설을 내뱉었다.

"이상하네…… 아무래도 형님 자리가 오늘 좋지 않은 것 같습니다. 다른 자리로 옮기시죠."

"돈 없어, 인마."

"에이, 없으면 말을 하시죠."

채만덕은 종업원 한 명을 불러 백만 원을 챙겨 오게 했다. 그리고 그 돈을 찬호의 주머니에 넣었다. 찬호는 아무렇지도 않게 돈을 챙겼다.

"아, 짜증나. 잘하라고."

"네, 죄송합니다."

찬호는 담배를 바닥에 던져서 끈 후 자리를 옮겼다.

그는 백만 원을 이백오십만 원까지 불린 후에야 자리에서 일어났다.

업장을 나가는 찬호의 뒷모습을 보며 채만덕은 연신

욕설을 내뱉었다.

"개새끼, 저런 것도 경찰이라고."

"개새끼가 맞죠. 하지만 저런 경찰이 있어야 저희도 먹고 사는 것 아니겠습니까."

채만덕의 일을 돕고 있는 형돈이 이죽거리듯이 말했다.

"그건 그렇다. 저런 개새끼가 있어야 우리도 먹고 살지. 소금이나 뿌려라. 며칠 동안 저 새끼 얼굴 좀 보지 않게."

"알겠습니다, 형님."

형돈은 종업원을 시켜 찬호가 나간 뒷자리에 소금을 뿌렸다.

도박장은 개포동 5층 건물 상가 지하에 있었다. 회원제로 운영을 하고 있어 그곳에서 도박장을 운영하는지 건물주도 모르고 있는 실정이었다.

그만큼 교묘하기도 했다.

"카악, 퉤."

도박장은 나온 찬호는 바닥에 침을 뱉고는 담배를 물었다.

경찰서에 들어가기는 싫었다. 선배와 후배들이 대놓고 그를 무시하는 경향이 있었다.

선배들이야 그렇다 치지만 후배들에게까지 그런 취급은 받고 싶지 않았다.

"아, 씨발…… 경찰 때려치울까."

그냥 해 본 말이다.

경찰을 때려치우면 그가 먹고 살 수 있는 일이 없었다. 기술이라도 있다면 통닭집이라도 해 볼 텐데 그런 기술은 가지고 있지 않았다.

또한 돈 씀씀이가 워낙 커서 어지간한 돈벌이에는 성에 차지도 않았다.

잘릴 때까지는 꿋꿋하게 이 직업을 유지해야만 했다. 언제 잘릴지는 알 수 없지만.

그는 해장국 집에 들어가 소주를 반주로 곁들여 점심을 해결했다. 한 잔 두 잔 들어가던 소주는 어느덧 세 병이 되었다.

이렇게 취해서 경찰서에 들어갈 수는 없었다.

그는 형사과장에게 전화를 걸어 외근을 나왔으니 바로 퇴근한다고 말을 하고는 수화기를 덮었다.

집에도 가기 싫었다.

집에 가 봤자 아무도 없었다.

말 안 듣는 두 아들도, 원수 같은 아내도 몇 달째 소식이 없다.

처갓집에 몇 번 찾아갔지만 이혼소장에 도장을 찍기 전까지는 절대 만나지 않겠다는 말만 들었다.

불 꺼진 집은 정말로 싫었다.

"사우나나 가자."

그는 근처 24시간 사우나를 찾았다. 샤워를 하고 찜질방으로 들어갔다.

시간이 일러서 그런지 찜질방 안에는 사람들이 거의 없었다.

몇몇 나이를 먹은 중년 아줌마들만 옹기종기 모여 과일을 깎아 먹으며 수다를 떨었다.

그는 토굴방으로 들어갔다. 나무로 된 베개를 베고 잠을 청했다.

술이 얼큰하게 올라 있어 잠은 금방 찾아왔다.

얼마나 잤을까.

갑자기 거친 손이 그의 입을 막았다.

깜짝 놀란 그가 몸을 일으키려고 했지만 엄청난 힘이 그를 짓눌렀다. 갑자기 공포가 밀려왔다.

도움을 요청할 수도 없었다.

그의 입을 막은 수건에서 알콜 냄새가 풍겨졌다.

'이, 이건.'

클리포로룸이었다.

이런 걸 쓰는 자가 평범할 리는 없었다. 누군가 의도적으로 그를 납치하려고 하는 것이다.

생각은 거기까지였다.

찬호의 의식은 점점 사라져 갔다.

*   *   *

"어이, 일어나 보셔."

기동이 찬호의 뺨을 '철썩' 소리가 나도록 때렸다.

며칠 전 퇴원한 그는 몸이 근질근질한지 도수에게 무엇이든 시켜 달라고 말했다.

도수는 알았으니 조금 더 쉬라고 말했지만 듣지 않았다.

힘이 넘쳐서 하루 종일 회사를 1층부터 뒤지고 다녔다. 자신이 없어서 회사가 잘 돌아가지 않는다는 둥, 헛소리도 함께하면서.

어쩔 수 없이 도수는 이번 계획에 그를 동참시켰다.

김종태에게 도달하기 위해서는 강력한 가드 하나를 깨야 한다.

그가 바로 배도일이었다.

김종태도 엄청나지만 배도일도 만만치 않았다. 강찬수와는 비교도 되지 않을 정도로 영악한 놈이었다.

그자를 잡기 위해서는 평범한 방법으로 안 된다.

그래서 생각을 해낸 것이 안에서부터 무너트리는 방법이었다.

그리고 배도일은 치명적인 약점을 가지고 있었다.

바로 이찬호라는 약점을.

만약 배도일이 경찰이 아니라 조직폭력배였다면, 이찬호는 진작 제거가 되었을 것이다.

찬호는 천천히 눈을 떴다. 머리가 지끈지끈거려서 눈
살이 찌푸려졌다.

콧속에서 알콜 냄새가 맴도는 것처럼 느껴졌다.

"아, 씨발. 깨우지 마."

그는 손을 들어 자신을 친 손을 쳐 내려고 했다.

하지만 움직이지 않는다.

손이 뒤쪽으로 묶여 있었다. 그제야 자신이 무슨 상황
에 처해 있는지 떠올랐다.

술을 먹고 찜질방에서 잠을 청했던 그는, 누군지 모를
자들에게 납치를 당했다.

왜?

그에게는 적이 많다.

경찰만 아니었다면 진작 목줄이 날아갔을지도 몰랐다.
아무리 생각을 해 봐도 누가 자신을 납치했는지 알 수가
없었다.

도박 업소를 운영하는 채만덕? 아니, 놈은 아니다.

사채업 하는 경철이? 그래, 혹시 그놈인가.

대치동 파의 잔당인 현수? 그래, 그놈일 수도 있어.

한 명씩 떠올려 보자 끝도 없이 튀어나왔다.

"이 새끼가, 뭐라고 지껄이는 거야."

기동은 다시 한 번 찬호의 따귀를 힘 있게 때렸다.

'짜악' 소리가 허름한 사무실 안에 크게 울렸다.

입안이 찢어지며 입술이 터졌다.

정신이 번쩍 든 찬호는 고개를 돌려 기동을 바라봤다.

어디서 많이 봤던 인물이지만, 기억이 나지는 않았다. 겉으로 봐서는 건달이다.

그는 건달 전문이었다. 건달들을 다루는 데는 이골이 나 있었다.

"이런 씹새기가! 너 이 새끼, 뭐하는 짓이야?! 내가 누군 줄 알아? 엉!"

찬호의 입에서 걸레를 문 것 같은 거친 단어가 사정없이 튀어나왔다.

하지만 기동은 그런 찬호를 보며 코웃음을 지었다.

"안다, 씨벌 놈아!"

기동은 찬호의 가슴을 발로 찼다.

의자에 발목과 팔목이 묶여 있는 찬호가 뒤로 벌렁 넘어졌다.

그의 입에서 고통스러운 신음이 새어 나왔다.

기동은 주머니에서 이면지 한 장을 꺼내면서 읽었다.

"올해 마흔 다섯이구만. 그런데도 아직 일개 형사라니. 아직까지 경찰 목이 붙어 있는 것이 용혀. 자, 보자…… 매달 안마 시술소와 성상납 업체에서 받는 상납금이 흐미, 부자가 됐겠어. 2천이 넘는구만. 거기다 지 자식 같은 애들을 성상납 업소에 열 번도 넘게 팔아먹었네. 도박으로 탕진하는 돈이 엄청나고. 헐, 이건 또 뭐여? 대임 기업 차남이 음주운전으로 사람을 쳐 죽였는데…… 공소 없음으로 풀어 준 적도 있구면. 받은 돈은 5천. 이 외에도 엄청 나구만. 이거 완전 개쓰레기여."

이면지에 적힌 글자를 읽던 기동은 머리끝까지 화가 치밀었다.

현율 실업의 많은 직원들이 한때 조직폭력에 몸을 담았었다. 비슷한 일도 한 적이 있었고, 폭력을 행사하는 일도 많았다.

하나 나름 직업이라는 의무감이 있었다.

하지만 찬호는 경찰.

경찰이라는 놈이 조직폭력배들조차 하지 않을 악독한 짓을 그가 가진 공권력을 행사하여 사리사욕을 채웠다.

이런 놈은 살려 둘 가치가 없었다.

"씨벌 놈어, 너 같은 놈은 죽어야 혀!"

기동의 육중한 몸이 찬호를 가격했다.

몇 번이나 계속해서 발로 짓밟았다.

머리통, 배, 허리, 가슴을 쉬지 않고 때렸다.

손발을 쓸 수 없는 찬호는 무차별적으로 당할 수밖에 없었다.

그의 머릿속에는 새까맣게 변해 있었다. 오직 자신만 알고 있을 것이라 예상했던 일들이 저 사내의 입에서 몽땅 튀어나왔다.

저 사실의 일들 1/10만 언론에 터져서 찬호는 끝장이었다.

끝장이 나는 정도가 아니었다. 대한민국에서 매장이 되고 만다.

또한 그에게 앙심을 품고 있던 자들이 어떤 식으로 나올지 충분히 예상이 갔다.

그는 살아남을 수가 없었다.

"크흑, 너, 너, 뭐야⋯⋯. 도대체 무슨 개소리야! 난 경찰이야, 내가 왜 이런 짓을 해! 넌 뒈졌어. 내 선배들과 후배들이 나 없어진 것을 알았을 거야. 너희들은 벌써 지명수배가 내려졌을 거라고. 씨발, 좋은 말 할 때 당장 풀어!"

"염병하고 자빠졌네. 아직도 지가 살 수 있을 것이라고 여기는 모양이네."

기동은 찬호의 턱을 구둣발로 후려 찼다.

'빡' 소리와 함께 앞니와 윗니 대여섯 개가 공중으로 튀어 올랐다.

"크흡."

입안에서 엄청난 양의 피가 턱을 타고 흘러내렸다.

이제껏 이토록 고통스러운 적은 없었다.

나름 튼튼하다면 튼튼한 몸이다. 이런 식으로 당한 적도 없었다.

아니, 딱 한 번 있었던가.

10년 전이든가, 11년 전이든가.

키만 멀대처럼 컸던 등신 같은 놈이 찌른 칼에 한동안

병원 신세를 져야 했다.

그때 이후로 입어 보는 가장 큰 충격이었다.

정신이 날아가는 것을 억지로 참아 보았다. 그나마 남아 있던 약간의 술기운이 싹 사라졌다.

기동이 한쪽 무릎을 꿇으며 찬호의 머리채를 잡고 흔들었다.

"야이, 씨벌놈아. 상황파악이 안 돼? 넌 좆 된 것이여. 하늘이 무너져도 넌 빠져나갈 구멍이 없어. 알긋냐. 뭐? 선후배가 찾아? 지명수배가 돼? 미친 호로 새끼야. 아무도 너한테 관심 없어. 니가 뒈져도 몇 명이나 장례식장에 갈지 내가 세어 줄게. 아, 니 별거 중인 마누라는 좋아하긋다. 숨겨 놓은 재산을 몽땅 차지할 테니까."

"도, 도대체 당신 누구야?"

"나? 나는 암만 입 아프게 떠들어 봐도 모를 테고. 직접 보면 알 긋이여."

기동이 몸을 일으켰다.

그가 허름한 사무실 문을 바라봤다. 찬호도 그가 바라본 방향을 바라봤다.

문이 열리며 거구의 사내가 걸어 들어왔다. 뺨에 길게 자상이 난 사내였다.

"회장님."

기동은 도수를 향해 90도로 허리를 숙였다.

찬호는 그가 보스임을 대번에 깨달았다.

기동도 만만치 않은 기운을 풍기는 사내였지만 늦게 문을 열고 들어온 자와는 비교도 되지 않았다.

그의 눈동자를 본 순간 온몸의 뼈와 근육들이 오그라 드는 것 같았다.

맹렬한 살기도, 가공할 위압감도, 얼음처럼 가라앉은 무심함도 아니었다.

그것보다 더 근본적인 것.

바로 죽음의 냄새였다.

꿀꺽.

찬호는 자신도 모르게 마른침을 삼켰다.

전혀 생소한 사내였다. 저런 눈빛을 가지고 있는 자를 알지도 못했다.

뚜벅뚜벅.

찬호의 앞에 도수가 섰다. 그는 쓰러져 있던 찬호의 뒷덜미를 잡고 제자리로 일으켜 앉혔다.

"누, 누구시오?"

상대가 어떤 자라도 욕설과 반말부터 나가던 찬호의 입에서 존댓말이 흘러나왔다.

지금만큼은 경거망동해서는 안 된다는 것을 본능적으로 느꼈다.

"마도수."

도수는 자신의 이름을 밝혔다.

과연 이자가 자신의 이름을 기억할까.

몰랐으면 한다. 그래야 더욱 본인에 대한 공포가 짙게 그늘질 테니까.

"마도수?"

찬호는 고개를 갸웃거렸다. 몇 번이나 뇌리를 뒤집어 봐도 도저히 떠오르지 않았다. 하지만 이름이 낯설지 않아 그를 더욱 불안하게 만들었다.

그런 찬호를 보며 도수는 한쪽 입술을 끌어 올렸다.

역시 모른다.

알 것이라고는 여기지도 않았다.

도수는 찬호의 한쪽 허벅지를 잡았다. 그의 기억으로는 그곳이 칼로 찌른 곳이었다.

"허벅지는 괜찮은가?"

"무, 무슨 소리시오."

두려움이 가득한 눈빛으로 이해가 되지 않는다는 듯 되묻는 찬호.

"내가 찌른 허벅지 괜찮은가 물어보는 거야."

"당신이 찌른 허벅지?"

자신이 찔린 허벅지에 대해서 몇 번 되새겨 생각해 보았다.

그러자 과거의 허약하게 보였던 한 사내가 떠올랐다. 그러고 보니 눈앞에 사내와 인상이 무척 닮아 있었다.

"서, 설마?"

"큭큭큭, 그래도 기억은 나나 보군. 나 같은 것은 아

178 맹수의 도시

예 기억 속에서 지워 둔 줄 알았는데."

도수는 포효하는 짐승처럼 웃으며 허벅지를 잡은 손에 힘을 주었다.

보통의 힘으로 허벅지를 잡아도 엄청난 고통이 밀려온다. 신경이 밀집되어 있기에 고통은 더욱 강했다.

그러나 도수의 힘은 보통 사람의 그것보다 훨씬 강했다. 상상을 초월한다는 말이 맞을 것이다.

"크어어어억!"

제대로 된 비명을 지르지도 못했다. 찬호는 입을 벌린 채 전신을 부들부들 떨었다.

"자, 그래도 혹시 모르니 확실하게 하자고. 내가 누구지?"

도수는 손아귀에 더욱 힘을 주었다. 허벅지 살이 반쯤 틀어잡혔다.

"크허허허헉, 도수, 크하하하하학, 제발, 제발, 마…… 도…… 으아아악!"

찬호는 고개를 좌우로 흔들며 뭔가를 말했다.

하지만 비명 소리와 뒤섞여서 제대로 된 발음이 되지 않았다.

"제대로 말을 해 봐. 내가 누군지."

"크아아아아아아악!"

귀청이 떨어져 나갈 정도로 커다란 비명이었다.

얼마나 고통스러운지 찬호의 눈동자가 뒤로 돌아가 흰

자만 보였다.

그럼에도 도수는 손을 놓지 않았다. 아니, 오히려 점점 완력을 더해 갔다.

뿌드드드드득.

괴이한 소리가 들렸다.

찬호의 허벅지가 시뻘건 피로 뒤덮였다.

거기다 큰 것과 작은 것을 동시에 지린 듯, 심한 악취가 났다. 엉덩이를 붙인 의자에서 오물과 피가 뒤섞여서 떨어졌다.

손바닥만 한 크기의 허벅지 살이 뜯겨져 나간 것이다.

"쌔에에엑, 쌔에에에엑."

기절을 하지 않았다.

찬호의 목소리는 무척이나 거칠었다. 뜯겨져 나간 허벅지는 미칠 것처럼 고통스러웠다.

하체는 마비가 된 듯했다.

"씨, 씨발……. 뭐야. 너, 너."

"나 뭐?"

"감방에 들어가지 않았나? 어, 어떻게 여기에……."

"강산이 한 번 변했다는 것을 모르는 것 같군."

도수는 어깨를 으쓱거렸다. 그러고는 찬호의 남은 허벅지를 손으로 잡았다.

남은 허벅지를 잡히자 찬호는 기겁을 했다. 방금 전과 같은 고통은 또다시 느껴 보고 싶지 않았다. 죽으라면 죽었지, 끝나지 않는 고통은 너무도 싫었다.

"나, 나는 아무런 잘못도 없어. 도대체 나한테 왜 그래!"

"잘못이 없어?"

도수가 물었다.

"그래, 도대체 나한테 왜 그래. 내가 뭘 잘못했다고 이러는 거야! 당신이 원한 있는 자는 김형태 아니야? 왜 나한테 이러는 거냐고!"

"자세히 파고들면 너는 나에게 그리 큰 잘못을 하지 않았지. 하지만 너는 강찬수와 배도일이라는 개자식을 상관으로 둔 죄가 있지."

도수는 다시 손아귀에 힘을 주었다.

"으아아아아아악! 으아아아아아악!"

찬호는 전기에 감전이 된 것처럼 사지를 미친 듯이 떨었다.

눈이 뒤집히고 입에서 거품이 흘러나와 금방이라도 죽을 것만 같았다.

그가 고통스러운 모습이 너무 처절해 기동도 눈살을 찌푸릴 정도였다.

뿌드드득!

남은 허벅지가 뜯겨져 나갔다. 바닥은 온통 시뻘건 피로 물들었다.

"크흑, 크흑, 도대체 나한테 뭘 바라. 그들이 내 상관인 게 내 잘못이야?"

찬호는 악에 받쳐 소리쳤다. 그러나 눈빛은 악에 받친 목소리와는 사뭇 달랐다.

공포에 휩싸여 있었다.

도수는 아무런 말을 하지 않았다. 그러고 그의 손가락 하나를 잡았다.

"인체란 참으로 신비해. 손가락을 모두 뽑아내도, 발가락을 모두 뽑아내도 쉽게 죽지 않아. 목만 뽑아내지 않으면."

도수는 그의 팔목을 잡고 손가락 하나를 당겼다.

뿌드득, 소리와 함께 손가락 하나가 천천히 뽑히고 있었다. 부러지는 것이 아니라 근육과 뼈가 몸에서 뜯겨져 나가는 것이다.

자신의 손가락이 뜯겨져 나가는 것을 본 찬호는 끝내 울음을 터트리고 말았다.

어린아이처럼 한없이 울었다.

"제발 살려 줘! 내, 내가, 잘못했어. 정말로 나는 시키는 대로 했을 뿐이야. 부탁이야!"

도수는 그의 손가락에서 손을 놓았다. 뼈가 덜렁거렸지만, 다행히도 손가락은 뽑히지 않았다.

도수는 기동을 바라봤다.

기동이 사악하게 '씩' 웃으며 다가와 녹음기를 가져왔다.

"네가 배도일의 뒤치다꺼리를 한 것을 알고 있다 아이가. 너는 젖 먹던 힘을 짜내서 배도일의 모든 것을 이곳에 기록하게 될 것이여. 며칠, 몇 시, 몇 초까지 기억을 짜내그라. 그렇지 않으면 죽는 것만으로 끝나지 않을꺼여. 너의 비리를 세상 모두가 알게 될 테니까."

기동은 찬호의 어깨를 두드리며 말했다. 찬호는 자신이 엄청난 덫에 걸렸다는 것을 깨달았다.

도저히 벗어날 수 없는 덫에.

여기서 벗어난다고 하더라도 이 사실이 알려지면 살아남지 못할 것이다.

그렇다고 입을 다물 수는 없었다.

"조, 좋소. 다 말하겠소. 대신……."

"대신 뭐?"

"나를 외국으로 보내 주시오. 배도일이 찾을 수 없는 곳으로."

"좋아. 약속하지. 사실만 확인되면 넉넉한 돈과 함께 뉴질랜드건, 태국이건 아무 곳이나 보내 주지."

"알겠습니다, 모든 것을 말하겠습니다."

찬호는 포기했다.

그가 살아남는 길은 최대한 빨리 대한민국을 벗어나는 것뿐이었다.

*　　*　　*

기현은 녹음기에 적힌 찬호의 말을 바탕으로 서류를 작성했다.

이미 그 사실 여부는 확인했다.

배도일과 관련된 일 중에 상당수가 김형태에 관한 것이었다.

김형태가 사업권을 따내기 위한 수많은 비리에는 배도일이 직간접적으로 얽혀 있었다.

그뿐만이 아니었다. 사이가 나쁠 것만 같았던 검찰과도 은밀하게 붙어먹었다.

검찰과 경찰 모두 김형태의 수족처럼 뒤를 봐 주며 엄청난 뒷돈을 먹은 것이다.

덕분에 김형태는 형들을 제치고 대한민국 최고의 젊은 기업인으로 승승장구를 하고 있었다.

남은 것은 배도일을 어떤 식으로 끌어내리느냐, 하는 것이었다.

배도일을 끝장내면 당분간 김형태의 가드도 없어진다. 배도일이 사라지면 검찰들도 몸을 사리기 위해서 김형태를 보호하지 못할 것이다.

서류를 모두 작성한 기현은 서류봉투에 그것을 넣으며 말했다.

"정말 기가 막히네요. 상위 1퍼센트에 든다는 놈들이 모두 자기들 배불리기만 바쁘니, 이거 원……."

기현은 혀를 찰 수밖에 없었다. 설마 이렇게까지 할까 했지만 모두가 사실로 판명이 됐다.

한 재개발 단지가 그 예였다.

먼저 나진 기업과 연관이 있는 기자들이 재개발의 필요성에 대해서 언론에 뿌리고, 기업은 행동했다. 기업들은 인맥이 있는 정치인들을 움직이고, 그들은 엄청난 액수의 정치자금은 지원받았다.

언론을 믿은 대부분의 사람들이 재개발의 찬성했다.

하지만 정작 재개발이 진행될 땅에 살고 있는 서민들이었다.

그들은 제대로 된 보상금도 받지 못하고 거주지에서 쫓겨나고 말았다.

많은 사람들이 악에 받쳐 결사항전을 외쳤다.

언론은 그들을 보고 자신들만 아는 이익집단이라고 매도했다.

그들을 보는 대중의 시선은 싸늘하게 식었다.

용역회사 직원들이 투입되었다.

그들은 무차별적으로 무기를 휘두르며 선량한 서민들은 그들의 땅에서 쫓아냈다.

쫓겨나는 그들은 울부짖으며 경찰들에게 도움을 요청했다. 하지만 경찰들은 멀찌감치 서서 구경만 할 뿐, 전혀 도움을 주지 않았다.

모두 배도일과 김형태의 짜인 각본대로 흘러갔다.

상상을 초월하는 막대한 자금은 손에 넣은 김형태는 사방에 돈을 뿌려 많은 사람들을 자신의 노예로 만들었다.

덕분에 김형태는 그 공로를 아버지에게 인정받아 나진 건설의 사장까지 겸하게 되었다.

"검찰부터, 야당, 여당, 할 것 없이 국회의원들 중에 김형태의 돈을 안 받은 자들이 없네요."

기현은 한숨을 내쉬며 말했다.

일이 너무 커진다는 느낌을 받았다.

김형태가 만만하게 건들 수 없는 상대라는 것은 예전부터 알고 있었다.

하지만 막상 까 보니 거물 중에 거물이 아닐 수 없었다.

이자를 건드리면 대한민국 전체가 발칵 뒤집힌다.

아니, 어쩌면 자신들은 하루아침에 모조리 척살당할 수도 있는 노릇이었다.

경찰도, 검찰도, 국회의원, 장관들도, 언론인까지, 모두 한통속인 마당에서 자신들이 할 수 있는 일은 없었다.

이건 계란으로 바위를 치는 격이었다.

"어쩌지예? 이건 저희만의 문제가 아닌데예."

기동이 걱정스럽게 물었다.

서류에 적힌 내용을 알고 있는 사람은 도수와 기현, 수태와 기동, 네 명뿐이었다.

다들 사실을 알고 나서 온몸에 물을 먹인 것처럼 축 늘어지고 말았다.

알아서는 안 될 내용들이었다.

"많은 사람이 알면 알수록 위험한 내용뿐이다. 누구에게도 말하지 않도록 해. 가족들도 위험해진다."

"알겠습니다."

도수의 말에 모두가 고개를 끄덕였다.

가족들은 절대 알아서는 안 되는 내용이 맞았다.

쥐도 새도 모르게 죽어 나갈 수 있었다.

"그럼 어떻게 하시겠습니까? 김형태 사장, 저희가 건드리기에는 너무도 위험합니다. 이건 공룡과 개미의 싸움이나 마찬가지예요."

기현이 물었다. 여기서는 도수가 선택을 해야 한다.

기현뿐만 아니라 다른 직원들도 도수를 위해서라면 목숨을 내놓을 수가 있었다.

하지만 잘못하면 모두가 개죽음이 될 수도 있다는 것이 문제였다.

"이제부터 나와 회사는 별개다. 지금부턴 별개로 움직여야겠다."

"어떻게 말입니까?"

기현이 다시 물었다.

평상시에는 무척이나 머리회전이 빠른 그였지만 지금은 달랐다.

너무도 큰 벽에 부딪쳐 머릿속이 꽉 막힌 것만 같았다. 어떤 식으로 뚫고 가야 할지 도무지 감이 잡히지 않았다.

"이 자료는 최후의 선택이다. 너무 많은 사람들이 위험에 노출될 수가 있어."

"그렇지요."

"김형태를 직접 친다."

"김형태를 형님 혼자서 노리겠다는 말씀이십니까?"

"그래, 놈의 모든 것을 다 벗겨 버리겠다는 것은 너무 위험해. 놈을 애국선열로 만들어 주겠다. 대신…… 놈의 목숨을 취하겠다."

"회장님께서 모든 것을 짊어지겠다는 말씀이십니까?"

"당연히 그렇게 해야지."

"그럼…… 형수님은……?"

수태가 힘겹게 입을 열었다.

비록 정식으로 결혼식으로 올리지 않았지만 유정과 도수는 영원히 함께하겠다는 맹세를 했다.

하지만 도수의 말대로라면 그것은 어긋나게 된다.

김형태를 죽이게 되면 도수는 평생 도망자 신세로 살아야 했다.

도수도 그것을 생각하지 않은 것은 아니었다.

그러나 모든 것을 버리고 유정과 행복하게 살 수만은 없었다.

만약 어머니를 꿈에서 만난다면 이렇게 말씀하실 것이다.

─나는 괜찮다. 산 사람은 살아야지. 내 사랑하는 아들아. 복수를 위해서 너의 남은 인생을 불행하게 만들지 말아다오. 그거야 말로 불효란다. 부탁이다, 아들아. 모든 것을 잊고 너의 행복을 위해서 살아다오.

그렇게 살고 싶다.
미치도록 그렇게 살고 싶을 때가 있다.
하나, 그렇게 살아서는 안 된다.
그렇게 살면 행복할 것인가? 라고 도수는 자문해 보았다.
절대로 그렇게 살지 못한다.
실종된 도영이를 찾지 않고, 어머니의 억울한 죽음을 모른 채 할 수가 없었다.
"유정이에게는…… 내가 설명하지."
"……."
모두가 말을 잃었다.
마음 같아서는 도수와 함께하고 싶었다. 하지만 그와 함께 나서면 나설수록 피해는 커졌다.
형태가 죽으면 어찌 될 것인가.
도수와 관련된 모두가 상상을 초월하는 피해를 입을 게 빤했다.

도수는 소파의 등을 묻었다.

"모두 마음의 준비를 단단히 해 둬. 나로만 끝나면 좋겠지만 그렇게 되지 않을 수도 있어."

그는 허공을 보며 담담하게 말했다.

7.

외나무다리

CITY OF
WILD BEAST

유정은 도수의 집에서 음식을 장만하고 있었다.

도수가 언제라도 와서 쉬라면서 열쇠와 비밀번호를 가르쳐 줘서 그녀는 마음만 먹으면 도수 없이 문을 따고 들어올 수가 있었다.

사실 열쇠와 비밀번호를 받은 지는 꽤 됐다.

하지만 아무 때나 벌컥벌컥 문을 열고 들어올 수 없었기에 자제를 했다.

하나, 서로 간의 마음을 확인했다.

언약식까지 맺었다.

그녀는 도수에게 미역국을 해 주기로 마음먹었다. 그가 퇴근을 하고 지친 몸을 이끌고 도착했을 때 따뜻한 미역국과 쌀밥을 해 주고 싶었다.

유정은 손가락에 낀 결혼반지를 보았다. 요즘 세대가 할 수 있는 반지는 아니었다.

오랜 손때가 묻은 그런 반지.

사연이 담겨져 있는 반지였다.

도수의 아버지가 어머니에게 프로포즈를 할 때 주었던 추억이 어린 반지였다고 한다.

그가 이 반지를 자신에게 줄 때 어떤 심정이었을지 조금은 이해가 갔다.

"후후후."

어쩐지 즐거웠다.

유정은 자신도 모르게 미소를 지었다.

그녀는 앞치마를 하고는 마트에서 잔뜩 사 가지고 온 재료들로 요리를 준비했다.

마른 미역을 물에 불리고 손가락으로 조물조물 문질러 주었다.

다진 마늘과 소고기, 진간장, 참기름을 넣고 달달 볶은 후 끓는 물에 넣고 익혔다.

한참 끓자 숟가락으로 떠서 간을 보았다.

"오호, 괜찮은데?"

제대로 된 음식을 할 줄 모르는 유정은 나름 만족했다. 이 정도면 충분히 먹을 수 있을 것이라 여겼다.

예전에는 음식을 하지 못한다고 생각하고 아예 시도를 해 보지 않았다.

하지만 하다 보니 나름 자신감이 생겼다.

"나도 별 수 없는 여자네. 오빠에게 먹일 음식을 손수하는 것만으로도 기쁨을 느끼니."

자신의 모습이 낯설게 느껴졌다.

그래도 싫지는 않았다.

도수가 기쁘게 먹는다고 생각하니 어깨에 힘이 들어갔다. 내친김에 어묵볶음과 멸치볶음도 선보였다. 상을 차리고 나니 자신이 꽤나 대견했다.

그녀는 시계를 보았다.

오후 7시 30분.

퇴근하고 도착할 시간이었다.

덜컹.

대문이 열리는 소리가 들렸다. 그녀는 앞치마를 맨 체현관 앞으로 달려갔다.

현관도 열렸다. 거구의 사내가 조금은 피곤한 모습으로 나타났다.

"서프라이즈!"

유정이 팔을 벌리며 외쳤다.

놀란 도수의 얼굴이 보였다. 네가 여긴 어쩐 일이야? 라는 표정이었다.

"왜 그렇게 놀라요? 언제라도 오라면서요."

"아, 맞아. 그랬지. 조금 의외라서."

도수가 머뭇거리면서 서 있자 유정이 그의 팔을 잡고

안으로 당겼다.

도수는 구두를 벗고 마루로 올라섰다.

"어서 씻어요."

"그래. 냄새가 좋은걸? 저녁 했어?"

"예압! 오라버니의 건강을 위해서 나름 유기농 음식들로 한 번 해 봤죠."

"후후, 알았어."

도수는 빙그레 웃고는 안방으로 들어갔다.

가벼운 옷으로 갈아입고 대충 씻은 후 식탁에 앉았다.

식탁 위에는 유정이 차려 놓은 미역국과 흰 쌀밥, 어묵볶음과 멸치볶음, 계란말이, 김치가 놓여 있었다.

어디서나 흔히 볼 수 있는 음식이지만, 도수에게는 흔하지 않은 음식이었다.

"자, 입에 맞을지 모르겠지만 한 번 드셔 보세요."

유정이 씩씩하게 말했다.

도수는 숟가락으로 미역국을 떠서 입으로 가져갔다. 나쁘지는 않았다.

언젠가 먹었던 어머니의 마지막 미역국이 생각났다.

생일이면 먹을 수 있는 미역국.

하지만 도수에게 미역국이란 이별을 의미했다.

미역국을 먹어야 하는 날에는 누군가를 보내는 날이었으니까.

갑자기 가슴속에서 뭔가가 울컥 튀어나왔다.

눈물이 한 방울 흘러 볼을 타고 내려 미역국으로 떨어 졌다.

눈물을 잊었으리라 여겼건만.

아직 감정은 살아 있었던 모양이다.

미역국에 쌀밥을 말았다. 숟가락으로 퍼서 입안으로 가져갔다.

"흑흑."

참을 수가 없었다.

한 번 터진 눈물은 멈추지 않았다.

도수는 눈물을 흘리며 입안으로 미역국을 꾸역꾸역 밀 어 넣었다.

"오빠, 왜 그래요?"

깜짝 놀라 유정이 자리에서 일어났다.

"맛있어서 그래. 맛있어서……."

도수는 계속해서 미역국을 먹었다.

유정이 그에게 다가갔다.

그리고 팔을 벌려 도수를 안았다. 도수의 눈물이 그녀 의 가슴에 흘렀다.

"오빠, 힘들구나. 괜찮아. 여기서라면 마음껏 울어도 돼요. 괜찮아."

유정은 고운 손을 뻗어 도수의 넓은 등을 토닥거려 주 었다.

도수와 유정은 정원에서 나무를 깎아 만든 의자에 앉아 별이 가득한 하늘을 바라보고 있었다.

가을이 가고 겨울이 오고 있어서 날씨는 꽤나 쌀쌀했다.

도수는 그들이 발밑에 모닥불을 지폈다. 모닥불이 타올라서인지 추위는 그다지 느껴지지 않았다.

도수는 무릎 담요를 가지고 와 유정을 덮어 주었다. 그녀는 '고마워요. 오빠, 센스쟁이'라고 말했다.

그들의 손에는 따뜻한 커피 두 잔이 들려 있었다.

어쩐 일인이 유정은 소주 한잔할래요, 라고 말을 하지 않았다.

"별은 참으로 아름다워요. 저는요, 서울보다는 이곳이 훨씬 좋은 것 같아요. 하늘의 별도 잔뜩 보이고. 이렇게 한가롭게 하늘을 보면서 차도 마실 수 있고."

"그럴 수 있을 거야."

"헤헤, 그렇죠?"

"그럼."

도수는 미소를 지으며 유정의 머리를 쓰다듬어 주었다. 그녀는 기분이 좋은지 머리를 쓰다듬는 도수의 손등에 입을 맞추었다.

손은 차갑게 식어 있었다.

"우리 오빠, 손이 너무 차네."

"괜찮아."

"핫팩 가지고 올까요? 취재 때 쓰는 핫팩이 있는데."

"모닥불도 있는데 괜찮아. 금방 녹을 거야."

"음, 알았어요. 어서 손이 녹게 불 좀 쬐요."

"그래. 그럴게."

도수는 허리를 펴고 모닥불에 손을 댔다. 따뜻한 기운이 몰려와 손을 녹였다.

"금방 눈이 내리겠어요. 생각해 보니 오빠 만났을 때도 꽤나 추운 날씨였는데."

"그랬었지."

"캬, 정말 멋졌죠. 공주가 위험해졌는데 짜잔 하고 나타나 악의 무리들을 물리쳤잖아요."

"훗, 언제 적 얘기를."

"저는 감동이었다고요. 오빠는 항상 저에게 슈퍼맨이었는걸요. 지금도 그렇고요."

"그렇게 생각해 줘서 고마워."

둘은 시간이 가는 줄 모르고 대화를 나눴다.

내일 해도 될 얘기를, 모레 해도 될 얘기를, 일주일이 지나서 해도 될 얘기를 끊임없이 했다.

무슨 말을 해도 지루하지 않았다.

"오빠."

"응."

"사랑해요."

"나도."

"얼마나?"

"아주 많이."

"하늘만큼, 땅만큼?"

"그것보다 더. 저 하늘에 떠 있는 수많은 별들보다
더."

"헤헤."

유정은 도수의 품에 안겼다. 도수는 팔을 뻗어 그녀를
안아 주었다.

둘은 한참이나 아무런 말없이 그렇게 안고 있었다.

"유정아."

"네."

"만약 혼자서 살아가야 한다면 어쩔 거야?"

"절대로 싫어요. 엄마도 없는데…… 오빠까지 없는 세
상은 상상하기도 싫어요."

"그래도 혹시 그런다면?"

"혹시고 뭐고, 절대로 싫어요."

"세상은 절대라는 것은 없다고 생각해. 병이 날 수도
있고, 사고가 날 수도 있고. 마음의 준비는 조금씩 해 둬
야 하지 않을까 생각해."

"……."

유정은 작은 목소리로 뭔가를 말했다. 너무 작은 목소
리여서 들리지 않았다.

도수는 유정을 보았다.

그녀의 눈은 감겨 있었다. 숨소리가 고르게 새근새근 거렸다.

잠이 들었다.

잠든 모습이 너무도 귀여웠다.

내일도, 1년 뒤에도, 10년 뒤에도 이렇게 그녀를 안고 잠들고 싶다.

별빛이 가득한 곳 아래서.

아이들도 뛰노는 곳에서.

하지만……

"유정아, 나는 어쩌면 떠날지도 몰라. 만약 떠난다면 언젠가 반드시 돌아올게. 기다리라는 말이 아니야. 너는 너의 행복을 찾았으면 좋겠단 소리야. 나에게 얽매이지 않았으면 좋겠어. 부디 이 못난 오빠를 용서해 주렴."

도수는 별을 보며 읊조리듯이 말했다.

유정은 듣지 못했다.

* * *

도수는 강남에 있는 SS그룹 소유의 S호텔을 찾았다. 한국 내에서는 손에 꼽히는 시설을 갖춘 호텔.

외국 명사들과 정치인들이 자주 찾는 곳이기도 했다.

최상층 스카이라운지는 황홀한 야경으로도 유명했다.

하지만 일반인들이 찾기란 무척이나 부담스러웠다.

두 명이서 식사를 한다고 한다면 최소 30만 원 이상의 지출이 발생하니, 어지간한 일 아니면 이용할 수가 없었다.

도수는 1층 로비에서 미나를 만났다.

그녀의 얼굴을 밝았다.

당연할 것이다. 영화가 대히트를 치면서 매일 같이 CF와 드라마, 영화 제의가 들어오니 기분이 나쁠 이유가 하나도 없었다.

언론에서는 여왕의 귀환이라며 반겼고, 혹자는 인간승리라며 칭송하기도 했다.

그녀의 과거를 모두가 알고 있지만 돈이 되니 손바닥을 뒤집듯이 기사를 바꿔서 쓰는 기자들이었다.

미나는 도수에게 무척이나 고마워했다.

이제까지 그녀의 밧줄이 되어 있는 모든 사람들이 외면하여 바닥까지 치달았다.

약을 먹고 죽어 버릴까, 라고 몇 번이나 생각했다.

믿었던 김형태도 그녀와의 연락을 끊었고, 다른 PD들과 스폰서들도 마찬가지였다.

그녀는 모든 것을 잃었다.

그런 미나를 하늘로 다시 올려 준 자가 바로 도수였다.

모든 사람이 자신을 버렸을 때 그만이 손을 잡아 주었다.

그 고마움이란 아무도 모른다.

처절했던 감정을 느꼈던 미나만 알고 있었다. 그녀가
화려하게 복귀하자 떠났던 모든 자들이 돌아왔다.

기가 찼다.

—미나씨, 정말 오랜만이지. 연락이 안 돼서 얼마나
걱정됐다고. 긴히 할 말이 있는데 꼭 한 번 봤으면 좋겠
어. 아, 매니저와 얘기를 먼저 해 본다고? 그래, 그래.
알았어. 당연히 그래야지. 꼭 연락 줘. 기다리고 있을게.
—나야, 그동안 연락 못해서 미안해. 내가 사업을 인
수하는 바람에 그동안 바빴거든. 신경 못 써 줘서 미안
해. 내가 널 얼마나 사랑하는지 알잖아. 그래, 그래. 내
가 처리했어야 할 문젠데. 아시다시피 내가 몸을 조금
사리거든. 그래, 알았다고. 언제 볼까? 아, 알았어.

이렇듯 간이라도 빼 줄듯이 달려들었다.

그런 그들의 얼굴에 침이라도 뱉어 주고 싶었다.

하지만 미나는 산전수전을 겪은 여자.

겨우 그런 일에 얼굴을 붉히고 욕설을 내뱉지는 않았
다. 그녀는 침착하게 다가오는 모든 자들을 맞아 주었다.

그녀가 무너지지만 않는다면 꽃 주위를 맴도는 꿀벌처
럼 언제까지고 사라지지 않는다는 것을 알고 있었다.

이용할 만큼 서로가 이용해 먹으면 되는 것이다.

형태도 마찬가지였다.

엄청난 권력을 가지고 있는 자지만, 정은 떨어졌다.
그의 비리를 알고 있는 그녀로서는 모든 것을 다 언론에
까발리고 싶은 마음도 있었지만 참기로 했다.

도수를 도와주고 싶었다.

그의 회사가 일취월장 성장하면 자신도 훨씬 큰 힘을
가질 것을 알기에.

"회장님, 오셨어요?"

미나가 밝게 웃으며 인사했다.

도수는 담담한 얼굴로 그녀를 바라봤다.

역시 아름답다. 청순하면서 요염했다.

야누스처럼 양면적인 이런 기질은 쉽게 가질 수 있는
것이 아니었다.

"네."

도수는 짧게 대답했다.

"호호, 역시 우리 회장님은 무뚝뚝하시네요. 일단 올
라가시죠."

"김형태 사장님은 나오셨습니까?"

"아직이요. 차가 밀린다고 20분 걸린다고 하네요."

도수는 고개를 끄덕였다.

엘리베이터가 내려왔다.

도수와 미나가 엘리베이터에 탑승했다.

마침 안에는 아무도 없었다.

미나가 도수의 옆에 바짝 붙었다.

그녀의 옅은 향수가 도수의 폐부를 파고 들어왔다.

어깨를 기대자 살짝 가슴골이 보였다. 브래지어를 하지 않았다. 붉은 유두가 솔깃하게 서 있었다.

그녀의 성정을 몰랐다면 당황했을지도 모른다.

하지만 도수는 10년 전부터 그녀를 알고 있었다. 일부러 브래지어를 차지 않은 것이다.

"오늘 일 잘되면 저랑 한잔하실 거죠?"

"당연하지요."

"후후, 한잔 사시는 거죠?"

"그래야죠. 한잔이 아니라 두 잔이라도 못 사겠습니까."

"기대되네요. 부디 일이 잘 풀렸으면 좋겠어요."

미나는 도수의 곁으로 더욱 파고들었다.

그녀의 풍만한 가슴이 도수의 팔에 닿았다.

전혀 감흥이 오지 않았다. 이 여자가 이렇게 노골적으로 유혹을 하면 할수록 목을 졸라 죽이고 싶은 강렬한 살의를 느꼈다.

넘어오는 살기를 억지로 참아 낸다.

도수는 어금니를 깨물고는 이빨을 드러내며 웃었다.

"잘돼야지요."

엘리베이터 문이 열렸다.

문 앞에는 깨끗한 정장과 머리를 깔끔하게 손질한 웨이터가 서 있었다.

그는 미나와 도수를 보며 90도로 인사를 드렸다.

"예약하셨습니까?"

"네, 했어요."

"성함이?"

"김형태라는 분으로 예약을 했어요."

미나가 대신 대답했다.

"아, 김형태 님이요. 이리 오시죠."

웨이터는 도수와 미나를 데리고 홀 안쪽을 가로질러 걸어갔다.

안쪽으로 가자 VIP손님을 위한 룸이 따로 놓여 있었다.

룸의 문을 열고 안으로 들어가자, 세 개의 계단이 있고, 계단 끝에는 긴 테이블이 있었다.

적게 잡아도 열 명 이상 앉을 수 있는 테이블이었다.

뒤쪽으로 상당한 크기의 수족관 안에는 팔뚝만 한 기괴한 고기들이 헤엄을 쳤다.

다른 창으로는 서울의 야경이 한눈에 보였다. 방음은 확실했다.

"여기서 기다리시면 됩니다."

고개를 끄덕인 도수와 미나가 같이 앉았다.

잠시 후, 웨이터는 고급 차를 가지고 들어와 그들 앞에 놓았다.

도수는 홀짝 거리며 차를 마셨다.

곧 형태를 볼 수 있다고 생각하니 가슴이 뛰었다.

자, 뭐라고 말을 해 볼까.

설레는 마음은 오랜만에 든다.

유정을 만났을 때와는 다른 설렘이었다. 좀 더 자극적이고 근본적인, 광기에 젖은 설렘이다.

똑똑.

웨이터가 노크를 하고 들어왔다. 그는 도수와 미나를 보며 고개를 숙이고는 말했다.

"김형태 사장님께서 오십니다."

미나가 자리에서 일어났다.

도수도 자리에서 일어났다.

당연하다는 듯이 김형태를 맞이하기 위해 자리에서 일어나는 것이 마음에 들지 않았지만, 어쩔 수가 없었다.

곧……

그토록 바라던 놈의 목을 딸 테니까. 한 손으로 놈의 목을 분지르는 상상을 해 본다.

놈이 눈앞에서 살려 달라고 외치는 모습을 보고 싶었다. 당연히 살려 두지는 않을 것이다.

김형태가 어머니에게 했던 방식 그대로.

문이 열리고 김형태가 들어섰다.

세월은 이기지 못했는지 놈의 머리카락에서 희끗희끗한 새치가 보였다. 염색은 일부러 하지 않은 모양이다.

얼굴은 좋았다.

피부의 혈색은 좋았고, 예전보다 조금 살이 쪘다. 몸 관리는 제대로 했는지 배는 나오지 않았다.

꽤나 멋진 중년이 되어 있었다.

상상했던 그대로였다.

도수는 주먹에 힘을 주었다.

당장 놈의 얼굴을 짓이겨 주기 위함이었다.

하지만 주먹에 힘을 풀 수밖에 없었다. 그의 뒤를 쫓아 다섯 명의 사내가 들어섰다.

도수만큼이나 거구에 눈빛이 매서웠다.

한눈에 평범한 자들이 아님을 알 수가 있었다.

대통령보다 자신을 암살하기 힘들 것이라고 자랑하는 경호원들이 저들임을 알 수가 있었다.

명불허전.

도수와 같은 눈빛을 하고 있었다.

살기를 갈무리할 수가 있는 자들이었다.

감정을 감출 수 있는 자들은 정말로 강하다. 도수가 손에서 힘을 풀 수밖에 없는 이유였다.

다섯 명의 사내들 중 두 명이 앞으로 나왔다.

"죄송하지만 잠시 몸수색을 해도 되겠습니까?"

도수는 고개를 끄덕이고는 양팔을 벌렸다. 예전 김종민을 만났을 때도 이런 적이 있었다.

기분 나쁠 필요도 없었다.

본래 구린 것이 많은 놈들이 몸을 아끼는 법이니까.

경호원들이 도수의 몸을 뒤졌다.

도수가 가진 것은 지갑 하나뿐이었다. 그가 가진 최고의 무기는 불끈 쥔 두 주먹.

다른 자들처럼 무기는 필요 없었다.

경호원들은 형태를 향해서 고개를 끄덕였다. 그제야 형태가 앞으로 나섰다.

"아이고, 반갑습니다. 김형태라고 합니다. 무례를 용서하십시오. 요즘 세상이 하도 험해서요."

김형태는 웃으며 다가와 도수에게 악수를 청했다.

"마도수라고 합니다."

도수는 그와 손을 마주 잡았다.

"사업하시는 분 치고는 무척 덩치가 크시네요."

"뭐, 부모님께서 잘 나아 주신 덕분이죠."

"하하, 그런가요? 일단 앉으시죠."

김형태가 자리를 권했다.

상석에 김형태가 앉고, 양옆으로 도수와 미나가 앉았다.

경호원들은 약간 떨어진 곳에 자리를 잡았다. 멀지 않은 곳이기에 한 발에 다가올 수가 있었다.

"저들은?"

미나가 물었다.

사업 이야기인데 들어도 되냐는 뜻이었다.

"괜찮아. 저들은 나에 관한 어떤 것도 발설하지 않으

니까. 그러라고 그 연봉을 주고 고용한 거야. 그나저나 미나 오랜만에 보니까 무척 예뻐졌는걸?"

"흥, 연락도 없었으면서."

"오우, 토라진 모습도 예뻐. 과연 국민배우야."

김형태는 화통하게 웃으며 그녀의 손등을 살짝 건드렸다.

오늘 밤 어떠냐는 표시였다.

도수는 그들의 행동을 눈치챘지만, 아무런 말을 하지 않았다.

어차피 놈은 이곳에서 살아 나가지 못할 테니까.

미나는 도수의 눈치를 봤다.

형태가 당장 오늘 밤 합방을 요구할 줄은 몰랐던 모양이다.

그녀의 마음은 도수에게 향해 있었다.

어서 빨리 저 거친 근육에 안겨 뜨거운 숨결을 내뱉고 싶었다.

하나, 김형태를 무시하기에는 뒷일을 감당할 수가 없었다.

"보고요."

미나가 대답했다.

"오우, 이젠 튕길 줄도 알고."

마침 음식이 들어왔다.

도수가 좀처럼 맛볼 수 없는 음식들이었다.

양이 무척이나 적었지만 맛은 상당했다.

도수는 씁쓸한 미소를 지었다.

이것은 최후의 만찬이다.

그러나 유정이 차려 준 미역국과 어묵볶음, 멸치볶음이 훨씬 먹고 싶었다.

"자, 일단 한잔합시다."

형태가 도수에게 매끈한 항아리 안에 담겨 있는 술을 따라 주었다.

도수는 허리를 펴고 두 손으로 술잔을 받았다. 그리고 항아리를 받아서 형태에게 따라 주었다.

"저도 주세요."

미나도 술잔을 내밀었다. 도수는 그녀에게도 술을 따라 주었다.

몇 번의 잔이 돌았다.

항아리가 세 동이나 비워졌다. 술의 도수가 약해서인지 형태와 도수는 취하지 않았다.

하지만 미나의 볼을 불그스름하게 변했다. 무척이나 매혹적이었다.

그녀의 최대 무기는 바로 눈빛이다.

항상 촉촉해져 있고, 그것을 보는 사내들은 자신도 모르게 그녀를 보호해 줘야 한다는 마음을 가졌다.

사업에 대해서는 의견이 오고 갔다.

미리 자료를 준비해 온 도수는 나름 열심히 사업 기획

에 대해서 설명을 했다.

따지고 보면 쓸모가 없는 사업 기획서이지만, 형태의 의심을 받지 않기 위해 최선을 다해서 준비했다.

보통의 사장이라면 귀가 번쩍 뜨일 만한 내용들이었다.

그러나 형태는 계속 시큰둥한 표정이었다.

듣는 둥 마는 둥 질문도 제재하지 않았다.

오직 그의 관심은 미나에게로 가 있었다.

옆에서 듣던 미나가 민망하단 표정까지 지었다.

"형태 씨, 잘 좀 들어 봐요. 이번 사업 기획은 무척이나 괜찮은 거라고요."

"그래? 이 사업이 좋은 아이템인지 미나가 어떻게 알아?"

형태는 알 수 없다는 표정을 지으며 미나에게 물었다.

"저는 H―엔터테이먼트 소속이라고요. 어느 정도 돌아가는 것쯤은 알고 있죠."

"흠, 그렇군. H―엔터테이먼트. H―엔터테이먼트라……. 미나."

"네? 왜요?"

"그러지 말고 내가 기획사를 차려 줄 테니 그곳에서 나오는 건 어때?"

미나는 화들짝 놀랐다.

그녀는 급히 도수의 얼굴을 보았다.

무감각한 바위와 같은 그의 표정도 미묘하게 변했다.

동종업계에서 이러면 안 된다. 물론 앞에서 웃고 뒤에서 뒤통수를 치는 일이 비일비재하기는 하지만 대놓고 눈앞에서 이러지는 않았다.

최소한의 상도도 없는 짓이다.

"혀, 형태 씨. 어떻게 그런 말을……. 지금은 그럴 말을 할 때가 아니잖아요."

"내가 뭐 어때서?"

"아무리 그래도 그렇지. 사람을 면전에 두고."

"면전에 두고 해야지. 어디다 두고 해. 사람 뒤통수에 대고 하나?"

완전히 꼬인 말투였다.

형태와 10년을 넘게 알고 지내 온 미나는 이해가 되지 않았다.

형태는 무서운 사람이다.

그것은 예나 지금이나 변하지 않았다.

하지만 매너는 있었다.

언제 어디서든 침착함을 잃지 않고 깔끔하고, 신사적으로 행동했다.

건달처럼 이런 말투는 절대로 쓰지 않는다. 그렇기에 미나는 이해할 수가 없는 것이다.

"형태 씨, 오늘 기분 나쁜 일 있었어요?"

"내가? 왜?"

형태는 어깨를 으쓱거리면서 무슨 소리냐고 되물었다.

"오늘 조금 이상한데요."

"이상하다라. 하긴 오래간만에 보는 옛 친구를 만나서
그런가."

"옛 친구라니요?"

옛 친구.

그 말을 듣는 순간 도수는 가슴이 덜컥 내려앉았다.
서로가 옛 친구일 수는 없었다.

하지만 '옛'이라는 단어가 마음에 걸렸다.

둘의 접점은 하나뿐이었다.

형태는 미나에게서 고개를 돌려 도수를 바라봤다. 지
금까지와는 다르게 서늘하게 식은 눈빛이었다.

"이것 참……."

형태가 말문을 열었다.

도수는 아무런 말없이 그런 형태를 바라봤다. 형태의
입술이 한쪽으로 뒤틀렸다.

"정말 몰라보겠어? 예전의 그자가 이렇게 변했다니."

도수의 한쪽 눈썹이 꿈틀거렸다.

무슨 수를 썼는지 모르지만 놈은 이미 자신을 알고 있
다.

"놀랐나?"

도수는 말을 놓았다.

그는 앞에 있던 술잔을 비웠다. 형태도 같이 술잔을

비웠다.

"조금."

"어떻게 알았지?"

"상준이라는 놈 때문에 알게 됐지. 만약 놈이 얘기해 주지 않았다면 이 자리에 모르고 나왔을 거야."

도망친 상준이 형태에게 붙었다.

그토록 찾았지만 놈을 찾지 못한 이유가 있었다.

형태가 보호해 주고 있던 것이다.

놈은 치외법권지역이니까.

놈의 품에 상준이 상주한다면 아무리 현율 실업이라고 하더라도 잡아낼 수가 없었다.

가장 의문점은 상준과 형태의 관계였다.

서로 접점이라고 할 수 있는 부분이 하나도 없었다.

"당신이 상준을 어떻게 알지?"

도수가 물었다.

"음, 뭐 그 자식을 알고 싶어서 알게 된 게 아니야. 굳이 파고들자면 너의 가족들 덕분이지."

"내 가족들?"

도수는 의문을 품었다.

형태가 가족들이라고 복수형을 쓸 필요는 없었다.

그가 죽인 사람은 도수의 어머니 한 명뿐이니까.

그러나 가족들이라면 달라진다. 도영이도 포함이 된다.

"그래, 너의 그 빌어먹을 가족들이 내 아킬레스건이 됐으니까. 아주 짜증나. 십 년간 잊고 살았는데, 이번에는 네놈이 나타나서 나를 성가시게 하는군."

"자, 잠깐. 이게 무슨 소리예요. 둘이 알고 있는 사이였어요?"

혼란스러운 듯한 표정을 지은 미나가 중간에서 끼어들었다.

"당신도 알잖아? 마도수."

형태가 빙긋 웃으며 말했다.

"내, 내가 도수 씨를 어떻게 알아요?"

"잘 생각해 봐. 10년 전에 당신의 집에 무단으로 침입한 자."

"네? 그 사람은 무척이나 마르고, 볼품이 없었는데……."

당시 미나의 눈에 비친 마도수였다.

그렇기에 지금의 마도수와 전혀 매치를 시킬 수가 없었던 것이다.

"그렇지? 나도 놀랐어. 이자의 행적에 대해서 샅샅이 조사했지. 정말 불과 같은 과거를 살았더구만. 완전히 괴물이 됐어. 꽤나 나에 대한 원한이 깊었나 봐? 맨몸으로 이렇게까지 할 수가 있다니 놀라울 따름이야."

"저, 정말로 그 사람이 도수 씨예요?"

미나는 믿지 못하겠다는 눈으로 도수를 바라봤다.

도수는 그런 미나의 눈을 바라봤다.

지금까지와는 비교도 안 될 정도로 얼음장 같은 눈빛이었다.

"그래, 내가 그때의 마도수지."

"그, 그럼…… 나와 계약한 이유가?"

"네가 예상하는 대로야. 이 상황을 만들기 위해서였어."

"이, 이 나쁜 새끼. 난 당신을 믿었는데!"

도수는 코웃음을 쳤다.

"믿어? 10년 전 네년이 본 걸 그대로 말만 했어도 나의 가족은 파멸하지 않았어. 네년이 거짓말을 하는 바람에 모든 것이 끝장났다고. 그러면서 뭐가 어쩌고 저째!!"

도수의 몸에서 스멀스멀 살기가 피어올랐다.

그의 맹렬한 기운에 미나는 새파랗게 질리고 말았다.

"잠깐, 잠깐, 싸우지들 말라고. 오랜만에 반가운 사람들끼리 모였는데 말이야. 아 참! 참고로 이곳은 내가 하루 빌렸어. 아무도 들어오지 않을 거야. 무슨 말인지 알겠어? 마도수, 자네는 이곳에서 살아 나갈 수 없다는 말이지."

"아니."

도수는 고개를 가로저었다. 그리고 말을 이었다.

"김형태, 너는 오늘 어머니께 머리를 조아리고 사과하게 될 꺼야. 피눈물을 흘리면서!"

동시에 도수의 손이 김형태에게 향했다.

순간 공간을 찢는 파공음이 울려 퍼졌다.

잠시 도수는 고민을 할 수밖에 없었다.

김형태를 잡게 되면 자신은 치명상을 입는다.

팔이나 다리 하나쯤은 내놓을 수가 있지만, 치명상을 입게 되면 김형태의 목을 취할 수가 없었다.

일단은 피해야 했다.

도수가 몸을 굴렸다. 군용 단검 세 개가 날아와 도수가 앉아 있던 자리에 박혔다.

도수는 재빠르게 몸을 일으켰다. 어느새 형태는 미나를 잡고 뒤로 물러났다.

그는 히죽히죽 웃고 있었다.

"감히 버러지 새끼가 내 뒤꿈치를 물려고 들어?! 버러지는 버러지일 뿐이야. 아주 고통스럽게 죽어 봐. 어머니의 복수? 염병하고 앉아 있네. 나는 대한민국을 이끌 차세대 지도자야. 너와는 태생부터 완전히 다르지. 너 같은 놈 10만 명과도 바꿀 수가 없는 고귀한 몸이란 말이야!"

"그 입 닥쳐!"

도수가 형태를 향해서 달려들었다.

그의 앞을 다섯 명의 사내들이 막았다. 그들의 손에는 모두 군용나이프가 들려 있었다.

도수는 탁자에 박힌 군용나이프를 들었다. 놈들은 아

마추어가 아니었다.

프로다.

맨손으로 상대하기에는 너무 위험했다.

덩치가 큰 두 명의 외국인이 앞으로 나섰다.

덩치는 크지만 칼을 쓰는 솜씨가 상당히 비범했다. 양손으로 군용단검을 주고받으며 빠르게 다가왔다.

군용단검이 네 개가 된 것 같은 착각을 일으킬 정도였다.

놈들이 칼을 다루는 솜씨는 경호원으로 있던 백정들보다 뛰어났다.

군용단검이 빠르게 치고 들어왔다. 한 놈은 찌르고, 한 놈은 긋는다.

절묘하게 치고 빠지는 것이 들어맞아 도수로서는 그들의 사이로 치고 들어갈 수가 없었다.

연신 뒤로 물러났다.

도수는 발끝으로 탁자를 들었다. 상당한 무게였지만 도수에게는 쉽게 들렸다.

그것을 차올려 외국인 경호원들에게 던졌다.

그들은 허리를 숙여 탁자를 피했다.

탁자는 하나가 아니었다. 연속으로 차올린다.

그들은 그것도 피하기 위해 허리를 숙였다.

도수의 몸이 탁자를 따라붙었다. 그의 발바닥이 탁자를 다시 한 번 찼다.

속도의 변화로 인해 한 외국인이 탁자에 맞고 말았다. 군용단검을 든 도수의 팔이 탁자 위로 올라갔다. 그대로 내려찍었다.

놀란 외국인 경호원이 고개를 흔들어 피하려고 한다. 도수는 군용단검의 날을 횡으로 눕혔다.

서걱!

외국인 경호원의 동맥이 그대로 잘려 나가고 말았다.

그는 목을 잡고 무릎을 꿇었다. 손가락 사이로 엄청난 양의 피가 솟구쳤다.

도수가 그의 뒤로 돌아가 머리채를 잡았다. 그리고 군용단검으로 놈의 목을 그대로 그었다.

푸식!

살이 갈라지며 목뼈가 드러났다.

목뼈는 금방 피로 물들어 보이지 않게 됐다.

외국인 사내의 눈동자가 파르르 떨린다.

입이 벌어진 채 피가래가 튀어나왔다.

도수는 그의 머리채를 놓았다. 외국인 경호원은 앞으로 쓰러져서 다시는 일어나지 않았다.

"Fuck!"

다른 외국인 경호원이 욕설을 내뱉으며 칼을 찔렀다. 찌르고 당기는 것이 신속하다.

아니 상당히 빨랐다.

하지만 도수는 아랑곳하지 않고 그의 사정거리 안으로 뛰어 들어갔다.

두 명이 휘두를 때보다는 훨씬 상대하기 쉬웠다.

외국인 경호원이 찌른 칼을 겨드랑이로 통과시켰다.

그 손을 위로 당기자 외국인 경호원의 어깨가 '뿌드득' 소리를 내며 탈골이 됐다.

'크악' 소리를 낸 그는 무릎으로 도수의 복부를 가격했다. 도수는 자신의 복부를 향해 날아오는 무릎을 군용단검으로 막았다.

군용단검이 무릎에 찍혔다.

"크헉!"

경호원의 몸이 휘청거렸다.

도수는 그의 무릎에서 군용단검을 꺼내어 종으로 휘둘렀다.

서걱!

경호원의 턱부터 안면까지 일직선으로 그어졌다. 살점이 반으로 갈라졌다.

"크아아아아악!"

그는 자신의 얼굴을 부여잡고 바닥에 엎어졌다. 도수는 그의 뒷목에 군용단검을 '푹' 하고 찍었다.

경호원들의 피가 도수의 몸을 적셨다. 깔끔했던 그의 고급정장은 이미 피로 물들어 있었다.

군용단검을 든 도수가 형태를 보며 미소를 지었다.

"자, 과연 여기서 누가 살아남는지 볼까!"

맹수의 포효를 터트린 도수는 형태를 향해 맹렬하게 달려들었다.

8.

불꽃이 되어

CITY OF
WILD BEAST

"저, 저게 뭐야."

형태는 자신의 눈을 의심했다.

지금 벌어지고 있는 살육은 자신의 부하들이 아니라 도수에 의해서 행해지고 있었다.

이것은 있을 수가 없는 일이었다.

저들의 연봉은 2억이 넘는다. 그런 거금을 투자하는 이유가 다 있었다.

처음에 죽은 영국인 경호원들은 프랑스 외인부대에서 뛴 용병들이었다.

실전 경험만 수십 차례가 넘는 살아서 움직이는 살인 병기나 마찬가지였다.

목이 반쯤 잘려 쓰러진 한국인 경호원들도 마찬가지였

다. 저놈은 칼 한 자루만 쥔 채 북한을 다섯 번이나 넘어 갔다 온 자였다.

세상 어디에도 자신 있게 내놓을 수 있는 엄청난 실력을 가진 경호원들이었다.

한 예로 저들 중에 한 명을 일급경호원 다섯 명과 붙인 적이 있었다.

일급경호원들도 꽤나 능력을 인정받는 자들이었다. 청와대의 경호를 담당했던 자도 있었다.

그런 자들이 2분을 버티지 못하고 쓰러졌다.

두 명은 다리가 부러지고, 한 명은 어깨가 탈골됐다. 다른 한 명은 옆구리가 가장 심하게 다친 경호원은 허리가 부러졌다.

형태는 박수를 치며 좋아했다.

이들만 본인을 경호한다면 어디를 가더라도 안전할 것만 같았다.

하나, 지금 그의 자신감은 산산이 깨져 나가고 있었다. 한 명씩, 한 명씩 차례대로 잔인하게 죽어 나갔다.

"저자는 짐승이군요. 사장님, 뒤로 물러나십시오."

아마타 조가 형태를 룸 밖으로 나가게 했다.

아마타 조는 재일교포로써 특이한 이력을 가진 자였다. 한때 야쿠자에 몸을 담았던 그였다.

하지만 그가 믿고 따랐던 선배가 살해를 당하고, 그 복수를 하기 위해 관동 최대의 조직인 산동회의 전면전을 치르기도 했다.

당시 그가 혼자서 죽인 야쿠자만 40명이 넘었다.

겁을 먹은 산동회의 회장은 아마타 조의 선배를 죽인 야쿠자를 내놓으면서 장렬했던 전쟁은 막을 내렸다.

이후 일본에서 살 수 없었던 아마타 조는 프랑스로 갔다. 프랑스에서 용병 생활을 했고 그 압도적인 실력으로 지휘관의 위치까지 올랐다.

그리고 지금은 형태에게 스카우트가 되어 부하인 소대원들을 데리고 한국에 정착한 것이다.

방금 죽은 네 명의 경호원들은 모두 그의 부하였다.

부하들이 죽었음에도 아마타 조는 냉정을 유지했다.

도수라는 자…….

상처 입은 맹수나 마찬가지였다.

그의 목을 확실하게 끊어 놓지 않으면 이쪽의 피해도 만만치 않을 것이다.

더군다나 그는 형태를 보호해야만 했다. 혼자서는 불리하다, 라는 판단을 내린 아마타 조는 일단 룸 밖으로 나가기로 했다.

룸 밖에는 다른 소대원들이 진을 치고 있으니 말이다.

총이 없는 것이 아쉬웠다.

총만 있었다면 제아무리 괴물처럼 날뛰는 인간이라도 한 방에 보낼 수 있었을 텐데…….

아마토 조는 형태와 미나를 데리고 서둘러 룸의 문밖

을 나섰다.

"후욱후욱."

도수는 거친 숨을 몰아쉬었다. 온몸에서 피가 뚝뚝 흘러내렸다.

검었던 머리카락도 온통 붉어졌다.

도수는 정장 상의를 벗어서 찢었다. 그리고 왼쪽 팔과 왼쪽 허벅지를 찢은 천으로 묶었다.

그의 눈앞에 쓰러져 죽은 네 명의 사내들은 정말 강했다.

죽는 순간까지도 도수의 팔과 다리에 칼을 찔러 넣었다.

보통 사람이라면 절대로 할 수 없는 기괴한 의지였다.

도수가 고개를 들었다.

형태가 빠져나가는 것은 진작 확인했다.

단지 이놈들이 끈질기게 물고 늘어지는 덕분에 형태를 붙잡지 못한 것이다.

이제는 놈을 끝장내야 한다.

그는 절룩거리면서 룸을 나섰다.

걸을 때마다 칼에 찔린 허벅지에서 피가 솟구쳐 천을 적셨다.

룸 밖으로 나간 도수는 멈칫거렸다. 열 명의 사내들이 그를 둘러싸고 있었다.

이놈들은 안에서 죽은 놈들과 마찬가지로 프로들이었다.

겨우 네 명을 상대하면서 이 정도로 큰 상처를 입었다.

이곳에 있는 놈들은 자그마치 열 명이나 된다. 아무래도 목숨을 걸어야 할 듯싶었다.

여기서 형태를 잡지 못하면 다시는 놈을 잡지 못할 듯싶었다.

"씨발 새끼야. 여기까지 와 봐! 와 보라고! 넌 뒈졌어."

흥분한 형태가 도수를 향해서 고래고래 소리를 질렀다. 그의 옆에는 아마타 조가 냉정한 눈빛으로 도수를 바라보고 있었다.

저놈이 이들의 두목.

도수는 지체 없이 몸을 날렸다.

이들 모두를 상대했다가는 몸이 남아나지를 않았다.

일단 두목부터 처리하고 나서 조무래기들을 처리해야 한다.

아무리 개개인의 전투력이 뛰어나다고 하더라도 지휘자가 없으면 오합지졸이 되고 만다.

그것이 싸움의 정석이 아니겠는가.

"쳐라!"

누군가가 소리쳤다.

그들은 손에 날카로운 군용단검을 든 채 도수를 향해

서 달려들었다.

모두가 손에 군용단검을 든 것으로 봐서는 과거 군인이었다는 것을 알 수 있었다.

군인을 상대하기란 상당히 힘이 든다.

고문과 고통에 익숙하여 어지간해서는 비명도 지르지 않았다.

특히 이들처럼 특수한 훈련을 받은 자들이라면 더욱 그렇다.

가장 선두에 선 사내가 테이블을 밟고 몸을 날렸다.

꽤나 먼 거리에 있었지만, 도수와의 거리는 엄청나게 짧아졌다.

하지만 허공에 뜬 채로는 방향을 틀 수가 없었다.

즉, 온몸이 그래도 노출이 되는 것이다.

이토록 대단한 기질을 가진 프로가 왜 지금과 같은 행동을 했을까.

그것은 그가 가진 암기 때문이었다.

허공에 뜬 채 사내는 품에서 철로 된 젓가락 세 개를 손가락에 끼었다.

그가 팔을 휘둘렀다. 세 개의 젓가락이 도수를 향해서 빠른 속도로 날아왔다.

너무 빠른 속도라 눈으로 보고 피할 수는 없었다. 그가 던진 방향을 예측해서 피해야만 했다.

도수가 바닥을 굴러서 피하자 바닥에는 세 개의 젓가

락이 대리석 바닥을 뚫고 강하게 박혔다.

엄청난 위력.

젓가락은 어떤 암기보다도 효율적이다.

표창과 같은 경우는 누구도 사용하기가 편할 수도 있으나 휴대의 애로사항이 있었다.

몇 십 개나 되는 표창은 품에 들어갈 수가 없었다. 하지만 젓가락을 그렇지 않았다.

휴대도 현하고 살상력도 충분했다.

목이나 눈에 박힌다면 한 방에 목숨을 앗아 갈 수도 있었다.

물론 젓가락을 자유자재로 사용하려면 그만큼 고된 훈련이 필요했다.

몸을 한 바퀴 돌린 도수는 앞에서 다가오던 경호원의 발목을 군용단검으로 베었다.

그는 발을 급히 들어서 도수가 그은 군용단검을 피해 냈다.

도수의 공격은 계속되었다.

그는 검을 거꾸로 들고 위로 향해서 찍듯이 올려쳤다.

푸식!

검은 사내의 사타구니를 뚫고 들어갔다.

보기만 하더라도 모두의 얼굴이 찡그러진 정도의 잔인한 공격이었다.

사내는 검을 떨어트렸다.

불시의 공격을 막아 내지 못한 그는 피거품을 물려 앞으로 쓰러졌다.

도수는 쓰러지던 그의 멱살을 잡고 다른 자들에게 던졌다. 80㎏가 넘을 듯한 사내의 몸이 붕 뜨더니 동료들을 향해서 날아갔다.

누구도 그를 잡아 주지 않았다.

와장창!

사타구니 밑으로 군용단검이 찍힌 사내는 식탁 위로 떨어진 후 움직이지 않았다.

절대적인 부위를 찔리고도 살 수 있다면 그것은 사람이 아니고 다른 동물일 것이다.

쐐애애액—

수십 개의 젓가락이 총탄처럼 날아왔다. 도수는 다시 몸을 굴려 테이블을 엎었다.

따다다다다닥—

엎어진 테이블 위로 수십 발의 젓가락이 박혔다. 몇몇 젓가락은 테이블을 뚫고 나올 정도였다.

도수는 테이블을 들고 젓가락을 던진 사내를 향해서 뛰어갔다.

거리가 짧았기에 사내는 제대로 피하지 못했다. 테이블에 막힌 사내가 속수무책으로 뒤로 밀렸다. 다른 동료 두 명이 급히 달려와 테이블을 막았다.

세 명이면 충분히 도수의 힘을 저지할 수 있을 것이라 여겼다.

하지만 도수의 힘은 그들의 상식을 훨씬 벗어났다. 세 명이서 테이블을 막았는데도 속도는 전혀 줄지 않았다. 오히려 더욱 뒤로 밀리는 속도가 빨라졌다.

"어, 어? 어!"

당황하는 순간은 잠시였다.

와장창!

두터운 강화유리가 엄청난 압력 앞에 산산조각이 나고 말았다.

동시에 세 명의 경호원들과 테이블이 나뭇잎처럼 바람에 휘날리며 지상으로 추락을 하고 말았다.

쿠쿠쿵!

거리에는 사람들이 무척이나 많을 시간.

두 명은 길을 걷던 커플의 코앞에 떨어지고, 다른 한 명은 지나치던 차량의 위에 떨어졌다.

많은 사람들의 비명이 터졌다.

거리는 순식간에 아수라장이 되고 말았다.

"이 자식! 싸움의 보통 도가 튼 놈이 아니다. 모두 정신 바짝 차려라!"

한 경호원이 소리쳤다.

조금 전까지만 하더라도 도수를 얕잡아 보는 경향이 없지 않았던 그들이다.

그들이 누군가.

프랑스 외인부대에서도 악명이 높았던 조 소대가 아니었던가.

특히 소말리아 내전에 참여했을 때는 반군에게 공포의 대명사였다.

얼마나 악명을 떨쳤는지 반군의 지휘관들은 준 소대와의 교전을 아예 피하라는 명령까지 내릴 정도였다.

방금 저에 호텔에서 추락하여 죽은 '호'라는 사내는 젓가락만으로도 17명을 사살한 전과가 있었다.

그런 그들이 단 한 명에게 막무가내로 밀리고 있는 것이다.

"Fuck!"

외국인 경호원 한 명이 코뿔소처럼 무섭게 달려들었다.

아직 등을 돌리지 않은 도수에게 육탄으로 승부할 셈이었다.

도수가 몸을 돌리자마자 190㎝, 110㎏에 육박하는 거구가 강하게 치고 들어갔다.

그의 어깨가 도수의 가슴을 강타했다.

도수의 몸이 크게 휘청거리고는 뒤로 연신 밀려났다.

그의 뒤는 깨진 창문이 있었다.

이대로 밀려나면 수십 층 아래로 곤두박질을 치고 만다.

도수는 급히 등을 바닥에 뉘였다. 뒤로 누우며 양손으로 사내의 양쪽 소매를 잡았다.

도수의 발바닥을 그의 배를 올려찼다. 사내는 가속력을 이기지 못하고 몸이 크게 회전했다.

도수가 사내의 소매를 놓았다.

외국인 경호원의 몸이 크게 뜨더니 이내 창문 밖으로 사라졌다.

"으아아아아아악!"

그의 비명만이 공허하게 메아리를 쳤다.

순식간에 다섯 명이나 당했다.

산전수전을 다 겪은 조 소대로서는 있을 수가 없는 일이었다.

그들은 선뜻 도수에게 다가가지 못했다. 피를 뒤집어쓴 도수가 괴물처럼만 보였다.

이제껏 셀 수도 없을 만큼 위험한 상대들을 만나 온 그들이지만, 지금만큼은 어떡해야 하는지 감이 오지 않았다.

도수는 그들에게 벽이었다.

단단해서 무너지지 않는 벽.

한 사내가 아마타 조를 바라보았다.

"뒤로 물러서라. 너희들은 사장님을 모시고 내려가도록 해. 저 괴물은 내가 상대하지."

조가 명령했다.

다섯 명의 사내들은 얌전히 뒤로 물러났다. 야마타 조가 앞으로 나와 군용단검을 꺼내서 쥐었다.

"정말 대단하군. 군 생활을 10년 넘게 해 봤지만 이토록 강한 자는 보지 못했어. 선척전인 싸움꾼이야."

야마타 조는 어설픈 한국말로 도수를 칭찬했다.

그렇다고 '네, 고맙습니다' 라고 대답할 도수가 아니었다. 그는 야마타 조를 보며 입술을 뒤틀었다.

"뭔가 착각하고 있군."

"무엇을 말이냐?"

야마타 조가 물었다.

"너희가 나를 잡는 게 아니야. 내가 너희를 잡는 것이지. 살고 싶나? 살고 싶으면 형태를 내놓아. 그럼 살려주지."

"미친, 광오한 자신감이군."

"자신감 따위가 아니야! 내 증오다!!"

도수는 들고 있던 군용단검을 던졌다.

그가 던진 단검은 형태를 향해서 엄청난 속도로 날아갔다.

모두가 반응을 하지 못할 정도로 광속과 같은 빠른 속도였다.

푸식!

군용단검은 형태의 앞을 지키고 있던 경호원의 미간을 뚫었다.

꽤나 거리가 있었음에도 두개골이 꿰뚫리고만 것이다. 그는 힘없이 앞으로 무너지고 말았다.

이 모든 상황을 지켜본 형태는 기가 질리고 말았다.

분명 도수에 대해서 샅샅이 조사했다. 그가 얼마나 대단한지는 서류상에 꼼꼼히 적혀 있었다.

하지만 그런 그라고 하더라도 아마타 조의 소대원들을 당해 낼 것이라고는 여기지 않았다.

한데 벌써 반수 이상이 당했다. 반면 도수는 아직도 건재했다.

그의 눈에 비친 도수는 살육에 미친 살인광이나 마찬가지였다.

도수를 보고 있자니 사지가 의지와는 다르게 벌벌 떨려 왔다.

"모두 내려가!"

아마타 조가 외쳤다. 더 이상 지체했다가는 모조리 당하고 만다.

도수는 아마타 조를 지나쳐 형태에게 달려들었다.

도수의 거구가 테이블 위를 물 찬 제비처럼 성큼성큼 뛰어넘었다.

아마타 조는 그런 도수의 하체를 향해서 다리를 휘둘렀다. 다리가 채찍처럼 빠르게 회전한다. 그것을 눈치챈 도수는 양다리로 뛰어올랐다.

제기랄.

몸이 허공에 뜨고 말았다.

아마타 조 정도 되는 숙련된 전문가가 그것을 놓칠 리가 없었다.

그의 군용단검이 도수의 옆구리를 노리가 빠르게 날아왔다.

피하기는 늦었다.

도수는 한쪽 팔로 그의 단검을 막았다.

푸식!

검은 팔의 근육을 찢고 안으로 파고들었다. 검끝이 뼈에 닿는 것이 생생하게 느껴졌다.

팔을 주었으니 받는 게 있어야 한다. 도수의 남은 한 팔이 크게 휘둘러졌다.

보통은 맞을 일이 없는 주먹.

하지만 지금은 도수가 앞을 가로막고 있었다.

팔로 찔렀다는 안도감이 아마타 조의 마음을 조금은 내려놓게 만들었다.

거대한 힘을 가진 도수의 주먹이 아마토 조의 관자놀이를 강타했다.

빠각!

충격의 소리가 바 안에 크게 울렸다.

아마토 조는 자그마치 10m 이상 허공에 떠오른 후 바닥에 떨어졌다.

"크흑, 이건 괴력이라고밖에 말을 할 수가 없군. 정말

어이가 없을 정도야."

바닥에 쓰러졌던 아마토 조는 금방 몸을 추슬러 자리에서 일어났다.

형태를 쫓기 위해 몸을 날리려고 했던 도수의 움직임이 멈췄다.

그리고는 손등을 바라봤다. 정확하게 타격한 감촉이 손등에 묻어나 있었다.

하지만 아마토 조는 금방 일어났다.

있는 힘껏 쳤다.

상대가 이 정도의 타격을 받는다면 얼굴이 함몰이 되거나 의식을 잃는다.

아무렇지도 않게 일어날 수가 없는 것이다.

"이해할 수 없다는 표정이군."

아마토 조가 말했다.

"뭐, 피하는 기술 중에 하나야. 날아올 주먹이나 발길질의 궤도를 예측하면 어렵지 않은 기술이지. 그저 몸을 반대편으로 날리면 되니까. 그렇다고 하더라도 무지막지한 힘에는 변함이 없군."

아마토 조는 입안을 우물거린 후 바닥에 뭔가를 뱉었다. 부러진 어금니가 바닥에 나뒹굴었다.

아무렇지도 않게 보였던 그의 뺨도 금세 부풀어 올랐다.

"끝장을 내주지."

"아, 아. 잠깐 멈추지 않겠어? 나는 더 이상 싸울 이유가 없어서 말이야."

"입 닥쳐!"

도수가 아마토 조에게를 향해서 빠르게 걸음을 옮겼다. 그는 주변에 있던 반으로 쪼개진 테이블을 손으로 잡았다.

두 사람이서 들기도 힘든 테이블이 한 손으로 들어 올려졌다.

"외인부대에서도 보지 못했던 인간 같지 않은 힘이야…… 더군다나 천부적인 싸움 실력까지. 과거에 태어났다면 한 시대를 풍미했을 거야. 하지만 지금은 과거가 아니지. 아무리 주먹을 잘 써도 권력과 자금을 가진 자의 개가 될 수밖에 없어."

"너나 개가 돼라!"

도수는 아마토 조를 향해서 테이블을 던졌다.

커다란 테이블은 빙글빙글 회전하며 조의 머리를 노리고 날아갔다.

쾅쾅쾅!

테이블은 아마토 조가 서 있던 곳을 쑥대밭으로 만들었다.

그리고 아마타 조는 도수의 시선에서 사라졌다. 뒤쪽의 문이 반쯤 열려 있었다.

도수는 재빨리 문을 열었다.

비상계단이 있는 곳이었다.

"안 됐지만 친구, 우리는 이만 해야 할 것 같네. 마음 같아서는 결판을 내고 싶지만, 꼭 그럴 필요도 없어서 말이야. 이것으로 자네의 목숨은 끝장난 것일 테니까……."

야마토 조의 목소리가 계단 밑에서 공허하게 울리고 있었다.

"빌어먹을."

놓쳤다.

놈도 놓치고 형태도 놓쳤다.

도수는 어금니를 으스러져라 깨물었다.

최대의 기회를 놓친 그로서는 더 이상 희망을 기대하기 어려웠다.

상준…….

어쩌면 최후의 승자는 너인지도 모르겠다. 끝까지 살아남는 자가 그인 것을 보면.

도수는 핸드폰을 꺼내서 기현에게 전화를 걸었다. 신호음이 두 번밖에 울리지 않았는데 바로 그가 받았다. 어지간히 초조해하면서 기다리고 있었던 모양이다.

—형님, 접니다.

"그래."

—어떻게 되셨습니까?

"실패했다."

―아……

기현의 탄식이 길게 이어졌다.

도수가 형태를 죽이기만 한다면, 무슨 수를 써서라도 그를 빼낼 생각이었다.

중국이든, 미국이든, 일본이든 도수를 피신시키고 나중 일은 나중에 생각할 예정이었다.

하지만 형태가 살아났다면 얘기는 달라진다. 모두가 위험에 처할 수가 있었다.

"이제부터 계획대로 간다. 회사는 문을 닫는다. 너희는 애들을 데리고 피신을 해라. 놈의 성격으로 봐서는 이대로 끝나지 않을 테니까. 하지만 나를 잡기 위해서 눈에 불을 켤 것이다. 너희가 제대로만 숨어 있다면 놈도 어쩌지 못할 거야."

―알겠습니다.

"미안하다. 너희까지 위태롭게 만들어서."

―그런 말씀 마십시오. 그리고 언제라도 연락 주십시오. 기다리고 있겠습니다.

"알았다. 몸조심하고."

―형님도…… 몸조심하십시오.

도수는 전화를 끊었다. 들고 있던 전화기의 전원을 끄고 주머니 속에 집어넣었다.

이제는 이곳을 빠져나가야 할 시간이었다.

　　　　　*　　*　　*

"이런 개자식! 염병할 개자식!"

　김형태는 사무실에 있는 집기를 손에 잡히는 대로 벽에 던졌다.

　수백만 원이 호가하는 도자기, 고급 골프채, 이름이 적힌 사장 명패, 비서가 타다 준 커피 잔, 책, 서류 할 것 없이 모조리 바닥에 흩어졌다.

　그는 책상 위에 있던 모든 것을 박살 내고도 성이 풀리지 않는 듯이 거칠게 숨을 내쉬었다.

"야, 미나!"

　형태는 한쪽 구석에서 오들오들 떨고 있는 미나를 불렀다. 미나는 벌떡 일어나 고개를 끄덕였다.

"그 새끼에 대해서 알고 있는 것 모두 말해."

"아, 아까 말씀드렸잖아요."

"일반적인 것 말고 모두 말하라고! 놈에게 또 다른 가족이 있는지, 친한 놈이 누구인지, 놈의 수족들은 누군지, 남김없이 말하란 말이야!"

"아까 말씀드린 것이 다예요. 정말이에요."

　미나의 목소리는 무척이나 떨리고 있었다. 호텔 바에서 일어났던 일도 충격적이었다.

　그녀의 정신력으로는 도저히 견딜 수가 없었다.

　도수가 그토록 무서운 사람인 줄은 상상도 하지 못했다.

그런 그와 살결을 비빌 생각을 했다니, 다시 생각해도 소름이 돋았다.

10년 전에 죽는 사람을 보았다.

하지만 그때와는 비교도 안 될 정도로 잔인하게 사람들이 죽었다.

목에서 피가 뿜어져 나오며 죽는 사람의 눈빛과도 마주쳤다.

손과 발의 떨림이 멈추지 않았다.

"네년도 우스워 보여! 앙! 이 쌍년아!"

형태는 미나의 멱살을 잡고 흔들었다. 그녀의 얇은 상의가 쉽게 찢어졌다.

브래지어를 하지 않고 있었기에 탐스러운 가슴이 훌렁 튀어나왔다.

"씨발 년아!"

그는 미나의 뺨을 손바닥으로 마구 때렸다.

미나는 속절없이 얼굴을 내줄 수밖에 없었다.

지금 그녀가 누군가에게 대항한다는 것은 있을 수가 없었다.

형태는 미나의 옷을 갈기갈기 찢었다. 그녀의 속옷만 남기고 모두 벗겨졌다.

그는 바지를 혁대를 풀었다. 하의가 주르륵 밑으로 내려갔다.

흉물스러운 그것이 밖으로 툭 하고 튀어나왔다.

형태는 미나를 뒤로 눕힌 다음 자신의 그것을 강제로 밀어 넣었다.

"아흑, 아파."

미나는 손을 꽉 쥐며 고통을 참아 냈다.

형태의 하체가 반복 운동을 시작했다.

그는 미나를 가만히 내버려 두지 않겠다는 듯이 하복부를 강하게 밀어붙였다.

"쌍년! 똑바로 말하지 않으면 가만히 두지 않을 거야! 알았어?!"

"네, 네, 죄송해요. 하라는 데로 다 할게요. 제발 목숨만, 목숨만."

두려움이 가득한 눈동자에서 눈물이 흘러나왔다.

치욕스러운 짓을 당하고 있지만, 전혀 그렇게 느껴지지 않았다.

오히려 이것으로 형태의 화가 풀어진다면 좋겠다고까지 생각했다.

"크흑."

자신의 거친 욕구를 푼 형태는 자신의 물건을 빼냈다.

바지를 추켜올린 후 사무실 소파에서 앉아 있던 아마타 조에게 말했다.

"놈을 찾아. 반드시 죽여야 해. 아, 그리고 놈들과 친한 자들을 모두 찾아. 놈에게 예전과 같은 지옥을 맛보여 줘야겠어."

형태는 사납게 외쳤다.

아마타 조가 자리에서 일어났다.

그는 고개를 끄덕이고는 사무실 밖을 나갔다.

사무실에는 옷이 모두 찢어진 채 애처롭게 흐느끼고 있는 미나만 남아 있을 뿐이었다.

*　　*　　*

현율 실업 기획실장실에는 기현과 기동, 수태, 진아가 모여서 앉아 있었다.

도수의 말대로 다른 사람들에게 말을 하지 않았지만, 진아의 눈치가 워낙 빨라 본인이 알아서 사실을 유추해 냈다.

수태는 기겁을 했지만, 이미 벌어진 일이라 어쩔 수가 없었다.

진아는 '수태 씨, 저도 이 회사에 오고 나서 알 만큼 다 알아요. 기획실장보다 회장님에서 대해서 더 알면 알았지, 적게 알지 않는다고 생각해요'라고 말을 해서 수태의 입을 다물게 만들었다.

"회장님께서 연락을 하지 않는 한 저희와의 끈은 사라졌다고 생각합니다."

진아가 침착하게 말했다.

"회장님이 연락을 하지 않으실 거라고 생각합니까?"

기현이 물었다.

"네."

"어째서?"

"회장님의 성격 때문입니다. 회장님은 겉보기와는 달리 가까운 사람들을 굉장히 아낍니다. 표현을 하지 않지만 항상 주변 분들을 먼저 챙기시죠."

"그것은 알고 있습니다."

"그렇기에 연락을 하지 않을 겁니다. 회장님은 우리 모두의 안전을 생각하십니다. 이번 일도 본인의 원한으로 생각하시기 때문에 저희에게 피해가 오지 않기를 바랍니다. 혼자서 일을 마무리할 때까지는 먼저 연락하시는 일은 없을 겁니다."

"핸드폰은 연락해 보셨습니까?"

"네, 꺼져 있습니다."

"그나마 다행이군요."

꺼져 있다는 것은 언제가 켤 수 있다는 말과도 같았다.

하지만 연락이 되지 않는다면 완전히 연락이 끊기고 만다. 도수가 숨어 버리면 그들로서는 찾을 수 있는 길이 없었다.

"자, 그럼 이제부터 우리가 해야 할 일을 생각해 보자."

기현은 기동과 수태를 보며 말했다.

"큰형님께서 피하라고 말씀하셨다면서유."

기동이 물었다.

"맞아. 하지만 나는 처음이자 마지막으로 큰형님의 뜻을 따르지 않으려고 한다."

"그게 무슨 말씀이신지……."

"큰형님이 돌아오실 때까지 현율 실업을 사수할 생각이다."

"그게…… 가능하겠습니까?"

기동과 수태의 눈이 빛났다.

그들은 투사였다.

아무리 상대가 강하다고 하더라도 목이 잘릴지언정 절대 무릎을 꿇지 않는 투사.

하지만 워낙 사안이 중대한지라 함부로 나설 수가 없었다. 차라리 도수가 같이 목숨을 버리자, 라고 말을 했더라면 기꺼이 따랐을 것이다.

그러나 도수는 그것을 바라지 않았다.

자신의 목숨을 도외시하고 모두의 안전을 바라고만 있었다.

서운했다.

그리고 답답했다.

"해 봐야지. 모든 사업은 당분간 중단한다. 어차피 나진 기업의 공세가 시작되면 일주일도 버티지 못할 사업이니까. 대신 이곳을 놈들의 무덤으로 만들어 줄 생각이다."

"형태의 똘마니들을 잡아 놓을 생각이십니까?"

"그래. 그러면 큰형님께서 형태를 잡는 것이 훨씬 수월하지 않을까."

"저는 찬성입니다."

"저도요."

기동과 수태가 고개를 끄덕였다.

기현은 진아를 보며 말했다.

"진아 씨."

"네, 실장님."

"그동안 수고 많으셨어요. 퇴직금은 넉넉히 챙겨 드릴게요."

"그런 거 필요 없어요. 그저 모두가 무사하시면 돼요. 매일 기도할게요."

진아는 순순히 고개를 끄덕였다.

이런 상황에서 자신이 남아 같이 싸우겠다는 둥, 헛소리를 해서는 안 된다.

지금부터는 남자들의 영역이었다.

자신은 이들이 목숨 걸고 싸울 때 짐이 돼서는 안 됐다.

"아니에요. 퇴직금이라도 넉넉히 챙기세요. 다른 여직원들도 마찬가지고요. 모두가 당황스럽겠지만 진아 씨가 잘 얘기해 주세요."

"후, 알았어요. 대신 꼭 약속을 해 주세요, 실장님."

"어떤 걸?"

"반드시 복직시켜 주겠다고요."

"……."

기현은 잠시 침묵을 지켰다. 지금부터의 싸움은 계란으로 바위를 치는 것과도 같았다.

하루를 버티면 끝나는 싸움이 아니다.

대한민국을 지탱하는 부패와 싸우는 것과도 같았다. 그들과 싸워서 이길 가능성은 제로에 가까웠다.

하지만 진아에게 믿음을 줘야 했다.

작은 희망이라도 없으면 모두가 절망할 것이기에.

"약속하지요. 반드시 복직시켜 드리겠습니다."

"약속…… 믿을게요."

진아는 자리에서 일어났다. 갑자기 흐르는 눈물을 손등으로 닦아 냈다.

"총무과에 가 볼게요. 직원들 퇴직금 계산하려면 바쁠 테니까요."

"그러도록 해요."

기현은 고개를 끄덕였다.

그는 사무실 밖으로 나가는 진아의 등을 씁쓸하게 쳐다봤다.

"그런데 형님."

기동이 기현을 불렀다.

"왜?"

"여기서부터는 저희가 맡겠습니데이. 형님은 빠지시지예."

"무슨 헛소리야!"

"애기가 아직 백 일도 안 지나지 않았습니꺼. 아비 없는 자식으로 만들지는 만들고 싶지는 않겠지예."

"안 돼."

기현은 단호하게 거절했다.

"그러지 마십시오, 형님. 형수님도 생각하시고요. 아이를 생각하십시오."

수태도 거들었다.

하지만 기현은 고개를 흔들었다.

"너희는 가족이 없더냐. 큰형님도 형수님이 계신다. 하지만 홀로 싸우고 계신다. 우리는 죽어도 같이 죽고 살아도 같이 산다. 우리가 모두 당할 거라고는 생각하지 마라. 놈들의 강하지만 뿔뿔이 흩어져 있다. 하지만 우리는 하나다. 우리에게도 희망이 있단 말이다."

"형님이 저희의 마지막 희망입니다. 저희가 당한다면 후에 형님께서 복수를 해 주시면 되지 않습니까."

"아니, 이건 막다른 길이야. 형태 놈이 죽든지, 우리가 죽든지. 세상에서 제일 썩은 놈이 돈과 권력을 쥐고 대한민국을 뒤흔드는 꼴을 죽어도 보지 못하겠다. 내 아이가 컸을 때 놈들이 지배하고 있는 세상을 보여 주고 싶지 않아."

"그래도……."

기동과 수태는 안심이 되지 않는 모양이었다.

"믿자. 희망이라는 놈을 딱 한 번만 믿어 보자. 그리고 큰형님이 결실을 맺기를 믿어 보자."

"후, 알겠습니다."

기현의 의지를 꺾을 수는 없었다.

기동과 수태는 길게 한숨을 내쉬며 고개를 끄덕였다.

"이제부터다. 이제부터 이곳을 견고한 성으로 만든다. 놈들이 절대로 무너트릴 수 없는 그런 성으로."

기현과 기동, 수태는 머리를 맞댔다.

이제부터는 시간과의 싸움이었다.

막말로 오늘 밤 당장 도수를 잡기 위해 형태의 보낸 자객들이 습격을 해 올지도 모르는 상황이었다.

그들은 눈초리를 빛내며 형태와의 싸움을 대비했다.

9.

미련

CITY OF
WILD BEAST

도수는 가평에 있는 조형은의 펜션에 도착했다.

옷을 갈아입고 상처를 대충 치료했지만 안색을 좋지 않았다.

너무 많은 피를 흘린 까닭이었다.

가평에는 어느새 눈발이 휘날리고 있었다.

날씨는 꽤나 쌀쌀했다.

얼마 전까지만 하더라도 낙엽이 지고 있었는데, 벌써 한 계절이 지났다.

시간이 참으로 덧없다는 생각이 들었다.

그는 펜션 뒤쪽으로 걸어갔다.

뒤쪽에서는 '땅땅' 거리며 나무를 쪼개는 소리가 들리고 있었다.

뒤쪽으로 돌아가자 조형은이 이 추운 날씨에 하얀색 러닝셔츠만 입고 도끼질을 하고 있었다.

그런 조형은을 보자 도수는 자신도 모르게 피식 웃고 말았다.

참으로 고집불통인 노인네.

일이 터지기 전에 따뜻하게 입고 지내라고 두터운 내의를 보내 줬건만 조형은은 입고 있지 않았다.

참 그러고 보니 조형은을 처음 만난 곳도 이곳이었다.

"선배님."

도수가 조형은을 불렀다. 그는 '어르신'이나 '선생님'과 같이 부르는 호칭을 굉장히 싫어했다.

늙어 보인다나 뭐래나.

그렇기에 둘의 나이차가 꽤 나는데도 도수나 기현은 조형은을 선배님이라고 부르고 있었다.

조형은이 도끼질을 멈추고 도수를 바라봤다.

그의 얼굴이 눈에 띨 정도로 밝아졌다. 감정이 얼굴에 그대로 비치는 사람.

좋으면 좋은 대로, 싫으면 싫은 대로 살아간다.

유정과 함께 이처럼 살고 싶었다.

"어이구, 이게 누구야! 회장님 아니신가."

조형은이 다가왔다.

그는 근육으로 뭉쳐진 두꺼운 팔을 쫙 피고는 도수를 덥석 안았다.

도수도 팔을 뻗어 그를 안았다. 서로의 온기가 느껴졌다.

"안녕하셨습니까, 여전히 건강하시군요."

"하하, 당연히 건강하지. 나는 건강 빼면 시체인 것을 모르나? 그나저나 참으로 오랜만이야. 그동안 많이 바빴나 보군."

조형은은 유쾌하게 웃었다.

그리움이 가득한 눈동자였다.

할아버지가 손자를 보는 그런 눈빛이기도 했다.

"예, 조금. 아, 이거요."

도수는 손에 들고 있던 녹차를 내밀었다.

아무 마트에서나 살 수 있는 보통의 녹차였다.

때가 때인지라 이영옥이 좋아하는 품질 좋은 녹차는 사지 못했다.

"아, 녹차네. 마누라가 좋아하겠어. 일단 들어가자고."

조형은은 도수를 데리고 펜션과 약간의 거리를 두고 있는 거처로 들어갔다.

저녁을 준비하던 이영옥은 도수를 보고 꽤나 놀란 모양이었다.

"저, 왔습니다. 선배님, 그동안 안녕하셨죠."

"반가워요. 이 시간에 오다니 조금 의외이기는 하네요."

여전히 기품이 넘치는 목소리였다.

"이 여편네여. 만날 도수 애기만 하면서 무슨 소리야."

눈치 없이 조형은이 끼어들었다.

그의 말을 들은 이영옥은 남편에게 조용히 눈을 흘겼다.

"일단 자리에 앉아요. 저녁 안 했죠?"

"네."

"그럼 같이 식사해요. 후후, 오랜만이네요. 셋이서 같이 식사를 하는 건."

이영옥은 도수와 조형은을 자리에 앉히고는 부엌으로 들어갔다.

찌개가 끓는 구수한 냄새와 나무를 볶는 고소한 냄새가 식탁 앞까지 흘러나왔다.

냄새를 맡고 있다니 심한 공복이 밀려왔다.

"많이 기다렸죠. 자, 먹어 봐요."

영옥은 사발에 현미밥을 가득 담아다 건넸다.

도수는 '감사합니다' 라고 말을 한 후 사발을 받아 식사를 시작했다.

너무도 맛있는 식사였다.

너무도 고마운 사람들이 해 주는 식사였다.

"얼굴색이 좋지 않네요. 무슨 일이 있어요?"

영옥이 물었다.

"아니요, 별것 아닙니다."

"그러고 보니 얼굴색이 우중충한 것이 안 좋네. 정말로 무슨 일이 있나?"

"정말로 아닙니다. 겨울도 됐고 해서 선배님들 한 번 뵈러 온 겁니다. 영하로 날씨가 내려갔다고 하던데, 선배님은 춥지 않으십니까?"

도수는 얼른 화제를 돌렸다.

그는 조형은을 바라보며 물었다.

"안 추워. 나는 천하무적이거든. 겨우 추위 따위가 나를 쓰러트릴 수는 없지."

"에휴, 말이나 못하면. 얼마 전에 당뇨가 생겼다는 진단을 받았어요. 매일 약을 먹죠. 몸조리를 안 하면 큰일 나요."

"아!"

도수는 탄식을 내뱉었다.

당뇨가 노인들에게 치명적이라는 것을 잘 알고 있었다.

약을 먹지 않거나, 식사 조절을 제대로 하지 못하면 살이 썩어 들어갈 수도 있고, 실명이 올 수도 있었다. 생명이 위험한 것은 당연한 일이었다.

"괜찮으신 건가요?"

"암! 그 돌팔이. 내가 어딜 봐서 당뇨야. 쓰잘데기 없는 소리."

"그만하세요. 지금부터 관리 잘하지 않으면 병원에서 큰일 난다고 했잖아요."

"큼큼……."

역시 조형은은 이영옥 앞에서는 고양이 앞의 쥐였다. 이영옥이 눈꼬리를 세우며 몇 마디를 하자 바로 꼬리를 내리는 조형은이었다.

나이가 들어도 참으로 즐겁게 사는 것 같아서 보기가 좋았다.

그들은 이런저런 얘기를 하며 시간을 보냈다.

"차 가지고 왔나?"

"아닙니다."

"그럼 자고 가게. 이 시간에 나가면 차도 없어. 택시를 부르지 않는 한."

"그럼 하루 신세져도 되겠습니까?"

"하루가 아니라 일 년, 열두 달, 365일, 여기서 살아도 되네. 하하하."

"어이구, 이 주책, 바쁜 사람 가지고 실없는 농담은."

"농담 아닌데. 도수야, 너 은퇴하면 유정이라고 그랬나? 그 처자랑 이곳에 내려와서 같이 살자. 내가 따로 집도 지어 줄게."

"하하, 그래도 되겠습니까?"

"그럼, 그럼. 비록 돈벌이는 얼마 안 되지만, 여기 있으면 쓸 일도 없고, 공기 맑고, 아이들 뛰어놀기 좋고,

아주 굿이지. 굿이야."

"한 번 생각해 볼게요."

"그래, 꼭 생각해 보라고. 아참! 마누라. 귀한 손님 오
셨는데 그거 하나 따지."

"그거라니요?"

"응, 작년에 좋은 하수오로 담근 술이 있거든."

"술이라니요. 당뇨가 있으시다면서요. 술은 다음에 하
겠습니다."

"아니야, 오늘은 한잔 마셔도 좋아. 밝은 달빛과 나이
를 초월한 친한 친구가 있는데 술이 빠지면 섭하지. 그
렇지 않소, 임자?"

조형은은 이영옥을 보며 눈을 찡긋거렸다.

이영옥은 못 말리겠다는 표정을 짓고는 술상을 보러
부엌으로 향했다.

'오늘이 마지막이에요' 라는 말도 빼놓지 않았다.

도수와 조형은은 주거니 받거니 하며 큰 통에 담궈 놓
은 술병을 모두 비웠다.

이영옥은 거의 술을 마시지 않았다.

그녀는 둘의 대화를 들으며 종종 미소를 지을 뿐이었
다.

술자리를 자정이 돼서야 끝이 났다.

이영옥이 잠자리를 봐 주어 도수는 편안하게 잠을 이
룰 수가 있었다.

도수는 새벽에 잠을 깼다.

사실 그는 술을 많이 마시지 않았다.

조형은과 같이 잔을 부딪쳤지만 꺾어서 마셨기에 그보다는 반밖에 마시지 않은 셈이었다.

조형은은 지금쯤 곯아떨어져 있을 것이다.

도수는 옷을 챙겨 입고 거실로 나왔다.

그리고 조형은과 이영옥이 잠들어 있는 안방을 향해서 큰 절을 올렸다.

—다시 볼 수 있다면 그때는 할아버지, 할머니라고 부르겠습니다. 그동안 정말로 감사했습니다.

도수는 절을 올린 채 한참이나 그러고 있었다.

자리에서 일어난 그는 조용히 현관문을 열고 밖으로 나왔다.

밤새 눈을 내렸는지 세상은 하얗게 변해 있었다.

도수는 아무도 밟지 않은 눈길을 뽀독뽀독 소리가 나게 걸었다.

"도수야."

누군가 도수를 불렀다.

이영옥의 목소리였다.

도수는 등을 돌려서 이영옥을 바라봤다.

급히 나왔는지 슬리퍼에 두꺼운 카디건 하나만 걸치고

있었다.

그녀가 도수를 향해 '도수야'라고 부른 것은 처음이었다.

지금까지 무슨 일이 있어도 존중하는 의미로 존댓말을 써 주었던 그녀였다.

"선배님."

어쩐지 목소리가 떨려 왔다.

단지 이름을 불렀을 뿐인데.

이영옥이 다가와 도수의 손을 잡고 손등을 쓰다듬었다.

곱게 나이가 들었지만 손바닥은 그렇지 않았다. 세월의 흔적인 듯 손바닥은 무척이나 거칠었다.

그래도 나쁘지 않은 느낌이었다.

"무슨 일이 있으면 꼭 이리로 오렴. 힘들어도 이리로 오고, 일이 잘 풀리지 않아도 이리로 오렴. 약속할 수 있겠니?"

이영옥의 목소리는 따뜻한 봄의 날씨 같았다.

도수를 걱정하는 눈빛도 가득했다.

그녀는 도수에게 무슨 일이 생겼다는 것을 직감적으로 눈치챘다.

하지만 아무런 말을 하지 않았다. 도수가 잘 헤쳐 나갈 수 있을 것이라 믿었다.

그래도 지금은 꼭 그 말을 해 주고 싶었다.

성벽처럼 단단한 아이지만, 지금이 아니면 그 말을 해 주지 못할 것 같은 불길한 예감이 들었다.

"알겠습니다. 너무 걱정하지 마세요. 꼭…… 다시 오 겠습니다."

도수는 빙긋 웃으며 대답했다.

"꼭이야. 그리고 이거 써."

영옥은 차 키를 도수의 손에 쥐어 주었다.

"이건?"

"차가 없으면 불편하지? 일단을 써. 나중에 돌려주면 되니까."

"아, 아닙니다. 이렇게까지 폐를 끼칠 수는 없어요."

"우리의 성의야. 그러니까 써. 나중에 가져다주면 돼."

가슴이 먹먹해졌다.

도수는 영옥에게 90도로 허리를 굽혔다.

"이 은혜…… 평생 잊지 않겠습니다."

"별게 다 은혜. 이건 우리끼리 아무 때나 주고받을 수 있는 평범한 일이야."

"평범한 일……."

도수는 그 말을 되뇌어 보았다.

평범…… 그 말이 왜 그토록 사무치게 들렸는지는 모 르겠다.

평범하게 살고 싶어서였을까. 아니면 평범한 세상으로

돌아가고 싶어서였을까.

아니면 다시 돌아오지 못할 현실에 대한 답답한 심정일까.

"그래, 도수와 유정의 일, 도수와 기현이라는 친구의 일, 도수와 우리의 일. 모두 평범한 것이지. 그러니까 부담가지지 마. 언제라도 찾아오고."

"정말로 감사합니다."

도수는 몇 번이나 고개를 숙여 감사함을 표시했다.

그리고 그녀가 내준 구형 승합차에 올라탄 후 시동을 걸었다.

구형 디젤 엔진이라 그런지 세 번만의 시동이 걸렸다.

도수가 출발했다.

영옥은 도수가 탄 차량이 보이지 않을 때까지 차가운 바람을 맞으며 서서 지켜보고 있었다.

＊　　＊　　＊

도수는 민태가 운영하고 있는 찻집 근처에 차를 세웠다.

이른 아침이라 찻집은 문을 열지 않았다.

찻집이 워낙 시내에서 외진 곳에 있어 주변의 상가는 하나도 없었다.

도수는 기다렸다. 그는 차에서 내려 담배를 한 대 물

었다. 이 구형 승합차는 조형은에게 굉장히 소중한 것이다. 무사히 쓰고 돌려줘야 했다.

차 안에서 담배를 필 생각도 없었다. 차에 냄새가 배게 할 생각도 들지 않았다.

담배를 물고 떠오르는 태양을 보자 유정이 보고 싶었다.

그에게는 태양과 같은 존재로 남아 있는 것이 유정이었다.

그녀를 보고 있으면 모든 것을 버리고 둘이 훨훨 날아 복수를 등지고 살고 싶었다.

그런 충동이 끊임없이 일어났다.

그럴 때일수록 자신을 다독였다.

죽어도 형태와 상준만은 용서하지 못한다.

가장 안타까운 것은 동생의 실종을 끝내 알아내지 못했다는 것이다.

살았는지, 죽었는지만 알 수 있었으면 좋았을 텐데.

궁금하다 못해 답답한 것은 피현득이 죽기 전에 한 마지막 말이었다.

"모든 것은 하나에서부터 시작한다."

도대체 그것이 무슨 말일까.

도수로서는 도저히 답이 나오지 않았다.

태양은 떠오르고 따뜻한 기운이 몸을 감쌌다. 차가운 냉기가 눈 녹듯이 사라졌다.

민태와 아내인 소희가 보였다.

상현과 원희가 쫄래쫄래 그들을 쫓아왔다.

아이들은 무척이나 컸다. 처음 봤을 때만 하더라도 손바닥만 했던 것 같은데, 지금은 초등학교에 들어가도 될 만큼 부쩍 컸다.

아이들이 자란다는 것이 신기하게 느껴졌다. 예전에는 느끼지 못했던 감정들.

소희는 카페 문을 열었다.

그녀는 카페 청소를 시작했다.

아이들은 밖에서 아버지인 민태를 도왔다.

민태는 싸리비 빗자루를 들고 눈을 치웠다.

상현과 원희가 쫓아 한다.

아무리 컸다고 하더라도 커다란 싸리비 빗자루를 그들이 들 수는 없었다.

낑낑되던 원희가 끝내 눈물을 터트렸다.

민태는 그런 아들을 팔에 올리고 '어이구, 우리 아들, 누가 울렸어. 저 빗자루가 울렸어? 아빠가 때찌 해 줄게. 눈물 뚝' 이라며 달랜다.

저것이 가족의 모습이구나.

내가 어렸을 적과 같은 가족의 모습.

도수는 그런 민태 가족의 모습이 너무도 따뜻하게 느

껴졌다.

눈을 다 치울 때가 되자 소희가 종이컵에 차를 따라서 가지고 나왔다.

민태는 차를 마시며 '아, 좋다'를 연발했다. 아이들도 아버지를 쫓아 '아, 좋다'를 연발한다.

민태는 그런 아이들의 머리를 손등으로 살짝 쳤다.

민태를 만나려고 왔었지만, 그만두기로 했다. 저들 가족의 끼어들 틈이 자신에게는 없었다.

이렇게 아름다운 모습을 봤으면 됐다.

도수는 차에 올라탔다. 그는 차에 시동을 켜고 출발했다.

차를 본 상현이 민태에게 말했다.

"아빠."

"응, 우리 큰아들."

"방금 도수 삼촌 봤어."

"뭐? 도수를? 어디서?"

"저기 차에 타고 갔어."

상현은 멀어져 가고 있는 승합차를 가리켰다.

너무 멀어져서 승합차의 종류를 구별하기란 어려웠다.

점점 멀어져 간 차량은 이내 점이 되어 사라졌다.

"에이, 우리 아들이 도수 삼촌 보고 싶었구나. 그런데 잘못 본 것 같구나. 도수 삼촌이 이곳에 왔으면 아빠를 만나고 갔겠지."

"음, 그런가?"

"그럼."

민태는 상현의 머리를 쓰다듬어 주었다. 그리고 이미 보이지 않는 차량 쪽으로 고개를 돌렸다.

동생, 잘 지내고 있는 거겠지. 무소식이 희소식이라 생각하고 있네.

하지만 말이야…….

요즘 꿈자리가 워낙 뒤숭숭해서 걱정이네. 시간이 나면 한 번 들렀으면 좋겠어.

＊　　＊　　＊

피는 이래서 물보다 진하다는 말을 하나 보다.

꼴도 보기 싫고 다시는 쳐다보지도 않을 것이라 여겼건만, 마지막으로 어떻게 살고 있나 한 번은 보고 싶었다.

김치 공장은 잘 운영이 될까.

마찬수는 정신을 차렸을까. 많이 늙으신 작은 아버지의 건강은 괜찮으실까.

큰 아버지는…… 잘살고 계신 거겠지.

도수는 고개를 흔들었다.

괜한 걱정을 한다는 생각이 들었다.

그렇지만 그의 차량은 작은 아버지가 운영하는 김치 공장으로 향하고 있었다.

어느새 그의 차량은 김치 공장 앞에 도착했다.

공장 앞은 무척 분주했다.

많은 차량들이 줄지어 서 있었고, 가득 담긴 김치를 차량 안에 실었다.

아, 김장철이구나.

그제야 도수는 왜 저렇게 공장 안이 바쁘게 움직이는지 알 수가 있었다.

회사는 무리 없이 잘 돌아가고 있는 모습이다.

하긴 나름 건강한 현율 실업이 인수를 했으니 예전처럼 자금에 압박감을 없을 것이다.

작은 아버지는 예전처럼 열심히 일하고 월급을 받으면 된다.

신경을 쓸 일이 없으니 훨씬 마음이 편할지도 모른다.

작은 아버지와 마찬수는 보이지 않았다.

어딘가에서 바쁘게 일을 하고 있는 중일 것이다.

도수는 차밖에 내려 담배 한 대를 폈다. 이 담배를 다 피면 떠날 생각이었다.

이제 더 이상 그들과 마주칠 일은 없을지도 모른다.

공장 2층 사무실 문이 벌컥 열렸다.

머리가 하얗게 쉰 중년 사내가 급하기 뛰어나왔다. 뒤에는 마찬수와 따르고 있었다.

옆에서 누군가 도수를 가리켰다. 도수의 얼굴을 알고 있는 김치 공장의 간부였다.

아무래도 그가 도수를 발견하고는 작은 아버지에게 말을 한 모양이다.

작은 아버지와 마찬수가 도수를 향해 뛰어왔다.

도수는 담배를 껐다.

이대로 차를 몰고 도망치듯이 나가기에는 모양새가 이상했다.

그냥 현율 실업 회장님으로서 그들을 대하는 것이 나을 듯했다.

다가온 작은 아버지가 숨을 헐떡거렸다.

그의 눈빛에서 비굴함은 보이지 않았다. 대신 애처로움이 가득했다.

작은 아버지는 도수의 손을 덥석 잡았다. 눈시울이 글썽글썽거렸다.

갑작스러운 상황에 도수는 당황스러웠다.

"회장님, 아니, 도수야!"

작은 아버지의 입에서 도수의 이름이 튀어나왔다.

그가 도수의 정체를 안 것이다.

도수의 손을 잡았던 작은 아버지가 무릎을 꿇었다.

그는 갑자기 서럽게 울었다. 눈물방울이 뚝뚝 흘러 시멘트 바닥에 떨어졌다.

"내가, 내가 잘못했다. 내 자만심이 형님을 죽였어.

다 내 잘못이야. 그렇게 형님을 보내지 말았어야 했어. 형수님에게도 죄송하다. 너와 도영이에게도 너무 미안해."

도수는 아무런 말을 하지 않았다. 그는 담담하게 서 있었다.

솔직히 말하면 그의 의도를 알 수가 없었다.

자신이 김치 공장의 실질적인 오너이기 때문에 저런 말을 하는 것인지, 아니면 진심으로 뉘우치는 것인지 판단할 길이 없었다.

어쩌면 악어의 눈물일지도.

"이거 놓으시죠."

도수는 싸늘하게 말했다.

작은 아버지는 도수의 말투에 흠칫거렸다.

그가 기억하는 도수는 나약하고 숫기가 없는 아이였다.

얼마 전 기현이라는 기획실장이 찾아와 진실을 이야기해 줬을 때 얼마나 놀랐던가.

그가 평생 후회하는 것 중에 하나가 바로 작은 형의 가족들이었다.

한때 작은 형이 그의 사업을 그토록 도와줬건만, 자신의 능력으로 해냈다고 착각을 했다.

애당초 작은 형의 도움이 없었다면 키울 수가 없었던 김치 공장인데…….

특히 김치 공장이 무너졌을 때 작은 형의 마음을 뼈저리게 느꼈다.

하늘이 무너지고 땅이 꺼지는 마음.

입안에 혀처럼 놀던 지인들은 한 명도 남기지 않고 모두 떠나갔다.

그는 큰 형에게 도움을 청할 수밖에 없었다. 하지만 큰 형도 정년퇴임을 하고 연금으로만 근근이 생활을 영위하고 있었다.

사기를 맞아, 가지고 있던 재산을 모두 날려 임대주택으로 옮긴 상태였다.

큰 형이 가진 돈은 하나도 없었다.

마일영은 혼자서 소주를 마셨다.

작은 형이 왜 매일같이 혼자서 술을 마셨는지 알 수 있었다.

그는 울었다.

형님께 사죄했고, 형수님과 도수에게 사죄했다.

하지만 형님과 형수님의 무덤이 어디 있는지도 몰랐다.

후회했다.

가슴에 돌이 않은 것처럼 무거웠다.

사죄하고 싶지만, 사죄를 받을 사람들은 남아 있지 않았다.

그런데 현율 실업의 회장이 조카라니.

믿을 수가 없었다.

외모가 완전히 바뀌어 도저히 알아볼 수도 없었다.

그가 마지막으로 도수의 소식을 들은 것은 10년 전 살인미수로 교도소에 들어갔다는 것이었다.

당시 그는 완전히 도수를 잊어버리고 살았다.

종종 떠올리기는 했지만 '잘살고 있겠지'라며 애써 자위했다.

마일영이 도수의 가족을 계속해서 떠올리게 된 것은 본인에게 큰 불행이 닥치고 나서부터였다.

작은 형의 심정을 알게 되었다.

생활이 궁핍해지고 피를 토할 거 같은 압박감을 받으며 왜 그때 작은 형에게 따뜻한 말 한마디 해 주지 못했나 후회했다.

마지막으로 남는 것은 형제밖에 없었던 것을.

"도수야, 내가 얼마나 못된 작은 아버지인 줄 안다. 용서해 줄 거라고는 생각하지 않아. 그래도, 그래도…… 작은 형님과 형수님께 너무도 미안하구나. 내가 죽을죄를 지었다. 평생 속죄하면서 살겠다."

"하, 이것 참."

도수는 입술을 뒤틀었다.

가슴에서 뭔가 벅차게 차올랐지만 겉으로는 내색하지 않았다.

어차피 잘라야 할 끈.

미련을 둘 수는 없었다.

"사과를 받아야 할 분들은 이미 이 세상 사람이 아니죠."

"그래, 늦게 후회해서 무엇을 할꼬……. 그분들이 계셨다면 이토록 가슴이 찢어지지 않았을 것을. 이건 나에게 내린 벌이다. 평생 죽을 만큼 아파 하면서 살라는 신의 벌이다. 그래, 그렇게 하겠다. 하늘에 형님이 계셔서 그렇게 하라고 말을 하신다면 똥물에 뒹굴면서도 살겠다."

구구절절 진심이 담긴 말이었다.

"진작…… 진작 그렇게 말씀을 하셨더라면……."

도수는 주먹을 꽉 쥐었다.

하늘에 계신 아버님과 어머님이 이 모습을 보신다면 어떤 말을 하실까.

두 분의 성품대로라면 작은 아버지의 손을 잡고 '우리는 괜찮아. 그러니까 앞을 보고 살아. 정말로 우리는 괜찮아' 라고 말씀하실 것이다.

두 분은 본래 그런 성품을 지니셨으니까.

하지만 남은 도수는 어쩌란 말인가.

그대로 용서를 해 줘야 한다는 말인가.

"내가 미친놈이었다. 죽어도 할 말이 없다. 미안하다, 도수야."

마일영은 무릎을 꿇은 채 엉엉 울었다.

마찬수도 고개를 푹 숙이고 아무런 말을 하지 못했다.

갑자기 벌어진 일에 대부분의 직원들이 이쪽을 보며 눈치를 살폈다.

"김치 회사를 인수한 것은 작은 아버지에게 저의 성공을 보이기 위함이 아니었습니다. 자금력은 부족하지만, 탄탄한 구조를 가진 회사였기에 우연찮게 눈에 들어온 것입니다. 본래 공금횡령이나 하고 썩어 빠진 사장이었다면 진작 갈아 치웠을 겁니다. 하지만 그러지 않으셨더군요. 그래서 바지사장이라도 그 자리에 놔둔 겁니다. 무슨 말인지 아시겠습니까? 저는 저의 이익을 위해서 작은 아버지를 놔둔 것이지, 핏줄이기 때문에 놔둔 게 아니란 말입니다."

"그래, 평생을 일군 김치 공장을 살려 준 것만 해도 나는 여한이 없다. 당장 짐을 싸고 나가라고 해도 상관이 없다. 내가 여기에 붙어 있을 자격은 애초에 없었으니까."

도수는 고개를 들었다.

갑자기 눈물이 날 것 같아, 무릎을 꿇고 있는 작은 아버지를 보고 있을 수가 없었다.

이래서 인생은 순리대로 간다고 하나 보다.

그토록 보기 싫었던 작은 아버지가 이제는 과거의 잘못을 뼈저리게 뉘우치고 있는 것을 보면…….

"작은 아버지, 아니, 마일영 사장님."

이제는 끈을 끊어야 할 때다.

도수의 차갑도록 시린 말투에 마일영은 고개를 들었다.

얼마나 많은 고생을 했는지 얼굴에는 주름이 가득했다. 곳곳에 검버섯도 보였다.

많이 늙으셨구나.

"이제 다시는 만나는 일은 없을 겁니다. 김치 공장의 일은 저희 직원과 상의하시면 됩니다."

"도, 도수야……."

"그러니 마일영 사장님도, 사장님의 길을 가시면 됩니다. 만에 하나 누군가에 의해 공금횡령이 벌어진다면 회사를 그만두는 것으로 끝나지 않을 겁니다. 최대한 감옥에서 썩게 만들 생각입니다."

도수의 말에 사촌동생인 마찬수가 몸을 부르르 떨었다.

"마일영 사장님도, 마음의 짐을 털어내십시오."

"용서해 주는 것이냐. 이 못난 작은 아버지를……."

"제가 그럴 자격이 있겠습니까? 그저 아버지와 어머니가 살아 계셨다면 그러지 않았을까 여기는 겁니다. 물론 저는 용서하지 못합니다. 부디 건강하게 오래도록 사시길."

도수는 등을 돌려 차에 올라탔다. 그는 곧바로 김치 공장을 떠났다.

마일영인 아직도 자리에 앉아 서럽게 울고 있는 것이 백미러로 보였다.

도수는 마음이 홀가분해지는 것을 느꼈다.

그토록 미웠던 사람이건만 그 감정을 내려놓는 것만으로 마음의 짐이 사라진다.

하지만······.

딱 두 놈.

형태와 상준만은 절대로 용서할 수가 없었다.

10.
참혹한 밤

호태는 얼마 전부터 유정이 모르게 그녀를 보호하고 있었다.

기현의 특별 지시였다.

유정은 회장님의 피앙새.

곧 결혼식도 올릴 것이라고 알고 있었다.

그녀에 대한 나쁜 소문은 없었다. 착하고, 매너 있고, 성격이 좋다는 소문이 있어 호태는 그녀에 대한 호기심도 가지고 있었다.

하지만 그녀의 눈에 띠어서는 안 된다.

회사 안에서는 상관이 없지만, 혼자 있을 때는 반드시 따라붙어야 한다고 기현에게 귀가 따갑도록 설명을 들었다.

처음에는 긴장을 하고 그녀를 미행했지만 며칠이 지나자 그런 것도 사라졌다.

그녀가 집에 들어가거나 회사에 있을 때는 별반 큰 일이 있을 수가 없었다.

누군가 그녀를 노린다면 혼자가 있을 때였다. 하지만 지금까지는 아무런 일이 없었다.

"음, 마트에 들르네."

유정이 마트 안으로 들어갔다.

호태는 마트 근처에 차를 주차시키고 하품을 했다.

남자들과 다르게 여자들을 장을 보는 데 꽤 오랜 시간을 잡아먹었다.

그는 차에서 느긋하게 음악을 틀어 놓고 유정이 나오기를 기다렸다.

약 30분 정도가 지나자 유정이 밖으로 나왔다.

그녀의 양손에는 마트에서 장을 본 음식 재료들이 가득 들려 있었다.

삼계탕 혹은 닭볶음탕을 하려는지 생닭 두 마리도 섞여 있었다.

꼬로록—

저녁 시간이 돼서인지 호태의 뱃속에서 알람이 울렸다.

"아, 배고프다."

그는 길게 기지개를 폈다.

유정은 약간 가파른 길을 올라갔다.

몇 번이나 쫓아다녀 봐서 그녀가 가는 길은 일찌감치 파악을 하고 있었다.

이 방향으로 200m는 올라가면 꽤 부유하게 보이는 개인주택이 나온다.

문제는 주택까지 가는 길에 매우 인적이 드물다는 것이었다.

이 길이 가장 취약하다.

호태는 유정만 보지 않았다.

혹시 모를 사태의 대비해 간혹 보이는 사람들과 차량들도 모두 파악했다.

유정의 집 주변에 있는 차량 번호도 미리 알아 놓은 상태였다.

그렇기에 다른 차량이 보인다면 대번에 알아차릴 수가 있었다.

그럴 때면 경계심을 세우고 유심히 살핀다.

모르는 차량 번호가 적힌 두 대의 차량이 보였다. 한 대는 평범한 승용차.

안에는 사람이 없는 것으로 확인이 되었다. 하지만 다른 한 대가 의심스러웠다.

8인승 승합차였다.

안을 볼 수 없을 만큼 새까맣게 선팅을 해 놓기도 했다. 호태는 유심히 그 차량을 살폈다.

차의 문이 열렸다.

두 명의 건장한 사내가 내렸다. 건달과는 조금 다른 분위기.

머리카락도 짧고 깔끔하게 정장을 입었다.

경호원 혹은 군인과 비슷한 느낌이었다.

그들이 유정을 향해서 곧바로 걸어갔다.

느낌이 좋지 않았다. 호태는 곧바로 차에서 내려 그들을 향해 뛰어갔다.

호태는 기동과도 견줄 수 있는 실력자.

비록 경험이 적고 연차가 되지 않아 일개 사원으로 있지만, 내년이면 대리를 달 것이라는 소문이 파다했다.

그도 자신의 능력을 믿었다.

그렇기에 혼자서 유정을 충분히 보호할 수 있을 것이라 여겼다.

또한 어지간한 건달들 세 명까지 상대해 봤다. 손가락이 골절이 되기는 했지만, 상대한 자들은 모두 떡이 되도록 맞은 다음 병원에 실려 갔다.

유정에게 다가가는 사내들이 비록 위험해 보이기는 해도 그들과 맞서 싸워 밀릴 것이라고는 추호도 생각하지 않았다.

"읍! 당신들 뭐예요!"

유정이 소리쳤다.

역시 놈들이 유정에게 직접적인 위해를 가하고 있었다.

그들은 유정의 입을 막고 차를 향해서 강제로 데려
갔다.

유정이 발버둥을 치지만 워낙 강한 완력에 속수무책으
로 끌려갈 수밖에 없었다.

"거기 서!!"

호태가 크게 외치며 그들 사이로 끼어들었다. 그는 재
빨리 품에서 잭나이프를 꺼내 들었다.

그 순간이었다.

푹!

뭔가가 옆구리를 뚫고 들어왔다.

날이 시퍼렇게 선 군용단검이었다. 예상대로 놈들은
군인이 맞았던 모양이다.

"크흑."

아무래도 제대로 찔린 모양이다.

내장이 아우성을 치며 온몸에서 힘이 빠지고 있었다.

그는 고개를 들어 자신을 찌른 사내를 바라봤다.

그다지 나이는 들어 보이지 않지만 머리가 하얗게 쉰
사내였다.

"하, 한 놈이 더 있었던가."

"……."

사내는 대답하지 않았다.

그는 호태의 옆구리에서 칼을 빼낸 후 가슴과 단전에
연달아 다시 찔렀다.

익숙한 그러면서도 정확한 솜씨였다.

사람을 찌르는 데 익숙한 놈이다.

"커헉!"

호태의 입에서 엄청난 양의 피가 솟구쳤다.

정맥과 동맥이 동시에 잘리며 피가 억류하여 입 밖으로 튀어나온 것이다.

호태는 그대로 쓰러지고 말았다.

유정을 보호해야 한다는 생각도 사라졌다.

즉사.

호태를 찌른 자는 아마토 조였다.

그는 쓰러진 호태의 상의에 피가 묻은 군용단검을 닦고는 차에 올라탔다.

"서둘러라."

두 명의 부하들은 의식을 잃은 유정을 데리고 서둘러 승합차에 올라탔다.

*　　*　　*

유정은 10여 분 전에 정신을 차렸다.

처음에는 당황스러움을 금치 못했으나 이내 냉정을 되찾았다.

그녀는 목제 의자에 앉아 있었다.

팔을 움직여 보았다. 역시 묶여 있었다. 다리도 마찬

가지였다.

이미 한 번 납치가 되어 본 적이 있기에 침착하려고
애를 썼다.

일단 이곳이 어디인지 알아야 한다.

그리고 누가 자신을 납치했는지도 알아야 한다.

무엇을 원하는지도 알아야 한다.

한 가지 확실한 것은 있었다.

상대가 누구지든 간에 도수와 관련이 되어 있다는
것.

"참나, 나 같은 여자나 오빠를 데리고 살지, 나 아니
면 누가 데리고 살겠어? 세상 어떤 여자가 살면서 납치
를 두 번이나 당해."

유정은 애써 웃으며 말했다.

그녀는 주변을 돌아봤다.

어두웠지만 주변 환경을 살피는 데는 어렵지 않았다.

달빛이 밝게 빛나는 덕분이었다.

유정이 있는 곳은 상당히 화려했다.

고급 장식장 안에 가지런히 놓여 있는 고가의 양주들
과 도자기들, 영화관의 화면만큼이나 커다란 TV, 흔들
의자와 화려한 킹사이즈의 더블침대.

한쪽 면은 아예 커다란 창문으로 되어 있었다.

창문 밖으로 나무와 어둠이 보였다.

어쩐지 바닷가 근처라는 느낌을 지울 수가 없었다.

그리고 자신을 납치한 자는 꽤나 세력이 있거나 부유한 자라는 것도 알 수 있었다.

유정은 침착하게 누구가가 방에 들어오기를 기다렸다.

냉정을 찾으니 누가 나타나더라도 겁을 먹지 않을 것만 같았다.

채칵채칵.

시간이 흘렀다.

10분, 30분, 50분, 1시간, 2시간이 넘게 흐르고 있었다.

조급증을 느끼게 하기 위해 일부러 그러는 듯했다.

상대의 의도대로 맞춰 줄 의향은 전혀 없었다.

그녀는 눈을 감았다.

놈들이 나타날 때까지 차라리 잠을 자는 편이 나을 것이다.

어쩌면 잠을 재우지 않고 고문을 할지도 모르니까.

생각보다 유정은 빠르게 잠이 들었다.

그렇게 얼마나 잠을 잤을까.

"어지간히 배포가 큰 여자군. 이런 상황에서 잠을 자다니."

누군가 헛웃음을 터트렸다.

쇠를 긁는 것처럼 무척이나 듣기 싫은 목소리였다. 일어나기 싫어도 눈을 뜰 수밖에 없었다.

눈을 뜨자 몇 명의 사내가 보였다.

모두 세 명이었다.

한 명은 그녀의 정면에 있는 의자에 앉아 다리를 꼬고 있었고, 다른 두 명이 양옆에 서 있었다.

서 있는 두 명은 보디가드였다.

그리고 가운데 앉아서 자신을 노려보고 있는 자를 아주 잘 알고 있었다.

나진 소프트와 나진 건설 사장이자 대한민국이 뽑은 미래를 이끌어 나갈 차세대 경영인.

김형태였다.

"김형태?"

혹시나 해서 물었다.

얼굴로 봐서는 그가 확실하다. 하지만 그가 무슨 일로 그녀를 납치한다는 말인가.

직접 입으로 듣기 전에는 확신을 할 수가 없었다.

"맞아."

형태는 간결하게 대답했다.

대답을 들었음에도 믿기지가 않았다.

유정은 미간을 좁히며 다시 물었다.

"당신이 왜 나를……?"

"큭큭큭, 이유를 모르는가 보군. 하긴 자신이 누구인지 사랑하는 사람한테 밝히는 것이 더욱 이상하지. 놈이 그나마 인정이라는 것이 남아 있다면 말이야."

그놈?

설마 오빠를 말하는 것은 아니겠지.

"무슨 말인지 몰라? 당신 애인 마도수. 그 개자식을 말하는 거야."

"당신과 같은 사람이 오빠랑 무슨 연관이 있다 고……."

"아주 엿 같이 연결이 되어 있지. 나와 놈은 같은 하 늘 아래서 살 수 없는 불구대천의 원수랄까. 그런 관계 야."

순간 유정의 머릿속에 번쩍 스치고 지나간 말이 생각 났다.

—나는 어머니를 죽인 자에게 복수를 해야만 해. 너무도 억울 하게 돌아가신 어머니의 복수를.

"서, 설마 당신이 오빠의 어머니를?"

유정은 경악스러운 표정을 지으며 형태에게 말했다.

"씨발, 그건 사고였어. 사고였다고!"

"거짓말!"

모든 사태를 파악한 유정은 앙칼지게 소리쳤다.

도수가 먼저 그를 도발했을 것이라고 예상한다.

하지만 그에게는 그럴 만한 이유가 있었다.

왜? 자신을 낳아 준 부모의 처참한 죽음을 그대로 방 치할 자식은 없었다.

그러나 형태는 도수를 외면했을 테고, 그는 분노했을 것이다.

형태는 자신의 과오를 영원한 어둠 속에 묻으려고 한다.

역겨웠다.

역겨워서 그의 얼굴에 침이라도 뱉어 주고 싶었다.

"뭐가 거짓말이야! 그 새끼한테 무슨 말을 들었어? 무슨 말을 들었냐고!"

형태가 다가와 유정의 턱을 쥐었다. 얼마나 세게 쥐었는지 턱이 부서지는 것 같았다.

"퉤! 쓰레기 새끼."

유정은 형태의 얼굴에 침을 뱉었다.

침이 날아가 형태의 얼굴에 묻었다. 그는 손바닥으로 침을 닦아 냈다.

"이런 씨발 년이!"

사내의 거친 손바닥이 유정의 뺨을 갈겼다.

얼마나 강하게 맞았는지 유정은 의자와 함께 옆으로 나뒹굴었다.

"돌았나, 이년이! 난 잘못이 없어! 모두 도수 애미가 차에 뛰어드는 바람에 그렇게 된 거라고! 알아? 내 잘못이 아니라고! 그런데 그 새끼는 나한테 사과를 요구했어. 웃기고 앉아 있네! 사과는 내가 받아야지. 내가 돈까지 물어 줘야 했어. 염병할 개값이라 생각하고 줬다. 사람

곤란하게 만들어 놓고 돈까지 쥐어 줬어. 그러면 됐지, 왜 이제 와서 난리냐고!"

형태는 유정의 배를 사정없이 걷어찼다.

퍽! 퍽! 퍽!

차고 또 찬다.

너무도 고통스러워서 유정은 몸을 웅크리려고 했지만, 팔다리가 묶여 있어서 그럴 수가 없었다.

"으으으음……."

신음 소리도 내지 않았다.

저 미친놈에게 약한 모습은 보이고 싶지 않았다.

어금니를 강하게 물고 고통을 억지로 참아 냈다.

"후욱, 후욱."

형태는 거칠게 숨을 내쉬었다.

지금의 행태로 보아 많은 사람들에게 존경을 받는 신세대 경영인으로는 전혀 보이지 않았다.

대중의 잣대와는 확연하게 다른 이중적인 모습이었다.

"이년 일으켜 세워."

형태가 명령했다.

옆에 서 있던 덩치 큰 경호원이 유정을 바로 일으켜 세워 앉혔다.

"그 새끼한테 전화해 봐."

고개를 끄덕인 경호원이 도수에게 전화를 걸었다.

핸드폰은 꺼져 있었다.

"꺼져 있습니다."

"그래? 음성으로 연결해."

고개를 끄덕인 경호원이 핸드폰을 음성으로 연결시켰다.

"어이, 마도수. 나다. 니가 죽이고 싶어 하는 김형태. 그런데 말이야…… 이걸 어쩌나? 나보다 네가 먼저 울화통이 터져서 죽을지도 모르겠는걸? 내가 누구랑 같이 있는지 말을 해 줄까? 엉?!"

형태는 유정에게 다가와 턱을 잡았다.

"자, 말해 봐, 이년아. 나랑 같이 있다고 어서 말을 해 보라고."

"읍읍읍."

유정은 고개를 좌우로 흔들었다. 절대로 말을 하지 않겠다는 의지의 표시였다.

"이런 씨발 년이!"

형태는 유정의 배를 다시 한 번 걷어찼다.

그녀가 뒤로 벌러덩 자빠졌다.

그는 쓰러진 유정의 머리와 등, 배를 가리지 않고 마구 밟았다.

"듣고 있냐, 씨발 놈아! 어서 대답하지 않으면 네 마누라는 이곳에서 뒈지고말 거야. 좋은 말로 할 때 핸드폰을 켜는 것이 좋아. 안 그럼 인천 앞바다에서 니 마누라 생선한테 따먹힌 꼴을 보게 될 테니까."

형태는 유정을 구타하는 소리를 모조리 녹음시킨 후 전송시켰다.

"아오, 씨발! 이래도 분이 안 풀려!"

형태는 자신의 머리를 잡고 마구 헝클었다.

도수의 머리를 돌아 버리게 할 수만 있다면 속이 시원할 것 같았다.

"그래, 야, 너희들."

"예, 사장님."

경호원들이 대답했다.

"밑에 몇 명이나 있나?"

"여덟 명 있습니다."

아마타 조가 대답했다.

"그럼 돌려가면서 이년 따먹어."

"네?"

"못 들었어? 돌리면서 이년 따먹으라고. 그리고 동영상으로 촬영해서 도수에게 보내. 크크크, 놈은 눈이 뒤집혀서 꼬리에 불붙은 개마냥 날뛸 거야. 그렇지 않겠어?"

아마토 조가 눈살을 찌푸렸다.

"저희는 강간범이 아닙니다만······."

"보너스로 큰 것 한 장을 쏘지."

"한 장이요?"

아마토 조가 망설였다.

형태가 말하는 한 장이란 천만 원 단위가 아니었다. 최소 1억 원을 보너스로 준다는 소리였다.

상당한 액수임은 분명했다.

강간범은 아니라고 얘기는 했지만, 외인부대 시절 아프리카 처녀들을 숫하게 범했다.

그들에게 성행위란 하나의 놀이와도 같은 것이었다.

하지만 한국인들은 성에 대해서 상당히 보수적이다.

이들에게 자신의 정체성을 보여 줄 필요는 없었다.

어차피 돈을 받고 일을 하는 입장이 아니던가. 그러나 거래를 원한다면 이쪽의 몸값을 높여야 했다.

이미 사망한 소대원들의 몸값은 충분히 챙겼다.

아마타 조에게 형태란 마르지 않는 샘물과도 같았다.

비록 도수라는 자가 그 어떤 인물보다 위험하기는 해도 그는 혼자였다.

맹수는 인간의 힘으로 잡으려고 해서는 안 된다.

놈을 충분히 유인하여 함정에 빠트려야만 쉽게 잡을 수가 있었다.

그리고 맹수의 약점은 바로 저 여자.

저 여자를 괴롭히면 괴롭힐수록 맹수는 이성을 잃을 것이 확실했다.

아마토 조가 망설이는 모습을 보이자 형태는 손가락 두 개를 폈다.

"두 장."

"쓰시는 김에 한 장 더 쓰시죠. 확실하게 놈을 끌어내 겠습니다."

"세 장이나?"

"싫으시면 저희는 거절하겠습니다. 강간범이 되고 싶 지는 않습니다."

"알았어, 알았어. 세 장으로 하지."

형태는 손을 휘휘 저으며 그렇게 하라고 얘기했다.

"여기서 구경하시겠습니까? 아니면 나중에 찍은 동영 상을 보여 드릴까요?"

고개를 끄덕인 아마타 조가 물었다.

"1층에 가서 술이나 한잔해야겠군. 알아서 처리해."

"알았습니다."

아마타 조는 거구의 사내를 바라봤다.

"창 중위."

"예, 소령님."

"보스의 말을 들었지?"

"그렇습니다. 애들 올릴까요?"

"그래, 한 명씩 해도 되고 여럿이서 해도 된다. 알아 서 처리해. 그리고 동영상 꼭 찍고."

"헤헤, 알았습니다."

창은 혀를 날름거렸다.

그는 중국인으로서 같은 중국군 병사 여섯 명을 때려

죽이고 탈영을 한 뒤 유럽으로 도망간 인물이었다.

그곳에서 아마타 조를 만나 외인부대에 입대를 했고, 지금까지 같이 행동을 하고 있었다.

엄청난 완력을 지닌 인물로 변태적인 성의 취향까지 가진 자였다.

그것은 다른 소대원들도 마찬가지지만.

네 명의 소대원들이 정장을 입은 채 방 안으로 들어왔다. 그들의 눈동자에서 기이한 번들거림이 비쳐졌다.

모두 성욕이었다.

한 명은 핸드폰을 켜고 동영상 촬영을 시작했다. 나머지 경호원들은 실실 웃으며 바지를 내렸다.

어지간한 담력을 지닌 유정도 이때만큼은 평정심을 유지하고 있을 수가 없었다.

그녀의 얼굴이 새파랗게 질리고 말았다.

*   *   *

"크흐흑, 크흐흑."

눈물이 멈추지 않았다.

이런 치욕을 준 형태라는 개자식을 씹어서 죽이고 싶었다. 아니, 뼈까지 씹어 먹어 버리고 싶었다.

유정은 침대에 엎어진 채 아랫배를 움켜잡고 있었다.

정액과 피가 뒤섞여 침대시트를 적셨다.

구역질이 나왔다.

"우에에에엑."

그녀는 침대 위에 먹은 것을 토해 냈다.

시간이 지나서인지 토사물은 얼마 나오지 않았다.

그래도 계속 속이 뒤집어졌다.

죽어 버리고 싶다.

환하게 웃고 있는 그의 얼굴이 떠올랐다. 너무도 보고 싶었다.

얼마 전까지 그의 품에 안겨 있던 것이 꿈만 같이 느껴졌다.

지금쯤 무엇을 하고 있을까.

나를 찾아다니고 있을까. 이런 꼴이 돼서 그의 앞에 당당히 설 수 있을까.

모르겠다.

머리통이 온통 뒤죽박죽이었다.

도수에 대한 원망은 조금도 생겨나지 않았다.

악은 형태다.

그런 자가 사지 멀쩡하게 돌아다니는 것을 용납할 수가 없었다.

딸칵.

문이 열렸다.

형태와 아마토 조라는 자가 방 안으로 들어왔다. 형태의 손에는 분홍색 여성 트레이닝복이 들려 있었다.

그는 발가벗고 있는 유정에게 트레이닝복을 던졌다.

"입어."

유정은 간신히 몸을 일으켜 트레이닝복을 걸쳤다. 놈들에게 변태적인 성행위를 강제로 당해서 아프지 않은 곳이 없었다.

"당신한테는 미안하게 생각해. 하지만 어쩔 수 없는 일이야. 나와 그 자식은 건널 수 없는 강을 건너 버렸거든. 둘 중에 한 명은 반드시 죽어야 해. 물론 승자는 내가 되겠지만."

유정은 사납게 형태를 노려봤다.

형태는 그녀의 시선을 외면하고는 아마토 조에게 물었다.

"동영상은?"

"보냈습니다. 핸드폰을 켜게 되면 이곳에서 일어난 사실을 알게 될 것입니다."

"만반의 준비는 해 뒀겠지?"

"그렇습니다. 탱크라도 가지고 오지 않는 한, 놈은 반드시 이곳에서 죽습니다."

"알았어, 믿도록 하지."

형태는 만족했다는 듯이 고개를 끄덕였다.

그들의 대화를 듣고 있던 유정은 마음이 급해졌다. 도수를 이곳으로 오게 해서는 안 된다.

그가 얼마나 분노할까 생각하면 가슴 한켠이 아릿해졌다.

"이 여자에게 음식이라도 가져다줘. 이 여자의 역할을 끝났으니까."

"차라리 그냥 처리하심이 어떻습니까?"

아마토 조에게 이 여자는 귀찮기만 한 존재였다.

어차피 도수라는 맹수가 눈이 뒤집혀서 이곳에 들이닥칠 것이다. 더 이상 쓸모가 없는 여자였다.

"놈이 올 때까지 내버려 둬."

"음……."

"이해가 안 돼?"

"네."

"내가 원하는 것은 놈이 절망하는 거야. 놈이 이 상태의 애인을 보면 어떻겠어? 큭큭큭, 이 여자를 구하지 못했다는 자괴감, 분노, 절망, 그런 감정들이 미친 듯이 폭주하지 않겠어? 나는 놈의 그런 모습을 보고 싶어. 거기다 마지막으로 말이야…… 놈의 면전에서 이 여자의 목을 부러트리는 거야. 어때, 기발하지?"

아마토 조는 눈살을 찌푸렸다.

자신과 소대원들도 꽤나 미친 짓을 하고 전쟁터를 돌아다녔지만, 이자도 만만치 않았다.

아니, 이런 자가 대한민국의 최고 실세 중에 한 명이라니 소름이 끼치기까지 했다.

본인의 만족도를 위해서라면 수만, 수십만의 목숨도 앗아 갈 수 있는 그런 위험한 인물이었다.

"알겠습니다. 살려 두도록 하죠. 묶어 놓을까요?"

"그럴 필요가 있나. 어차피 이 여자는 방 안에서 나가지 못해. 저거 강화유리라고. 여자의 힘으로는 깨지 못해. 더군다나 밖에는 자네의 부하들이 진을 치고 있지 않나. 이 여자가 도망을 친다고 하더라도 얼마 못 가서 잡히고 말 거야."

"그거야 그렇지요."

"그럼 내버려 둬. 마지막 자유 정도는 줘야지. 얼마 남지 않은 삶인데 말이야."

"알겠습니다."

대화를 마친 그들은 방문을 열고 나가려고 했다.

그들의 말을 듣고 있던 유정은 욕지기가 치밀어 올랐다.

본인 앞에서 저런 말을 한다는 것이 얼마나 잔인한 짓인지 모르는 듯했다.

하긴, 저들에게 인간성을 바란다는 것은 애당초 글러먹은 짓일 것이다.

"저기, 잠깐 물어볼 말이 있어요."

유정이 형태를 불러 세웠다.

문을 열고 나가려던 형태가 멈칫하여 유정을 바라봤다.

"할 말 있나?"

"묻고 싶은 게 있어요."

"뭐가?"

"진실을 알고 싶어요."

"무슨 진실."

"오빠와 관련된 모든 일."

"네가 알아서 뭐하게?"

"저는 오빠와 결혼을 할 사이예요. 최소한 오빠가 그
토록 찾아 헤맸던 진실 정도는 알고 싶어요."

"흠, 그토록 궁금하다면 가르쳐 주지. 죽기 전에 속
시원하게 말이야. 대신 나보다는 상준에게 듣는 것이 나
을 거야."

"상준이요?"

"그래, 그놈의 동생 친구였다지 아마? 큭큭큭, 그러고
보니 참으로 묘한 인연이야. 동생하고도 엮이고."

"자, 잠깐만요. 오빠의 동생도 이 일에 엮여 있나요?
그럴 리가요. 오빠 동생은 실종인 걸로 아는데."

"실종? 큭큭큭, 이거 뭐야. 그 괴물 같은 놈은 아무것
도 모르고 나를 쫓았단 말이야? 그럼 상준은 왜 쫓은 거
야? 모든 사실을 알고 있는 게 아니었나?"

"말해 주세요, 저에게 모두."

"알았어. 상준을 불러 주지. 모든 사실은 그가 잘 알
고 있으니까."

"그가 오빠 동생에게 무슨 짓을 한 거죠?"

"직접 들어. 상준은 바로 그 자리에 있었거든."

"그 자리라면?"

"맞아. 우연에 우연이 겹치면서 아주 엿 같은 일이 발생했지. 상준이……."

형태는 잠시 말을 멈췄다. 그러고는 입술을 혀로 핥은 후 말을 이었다.

"결론적으로 놈이 시발점이든. 이 모든 엿 같은 일에, 큭큭큭큭."

그의 말을 듣는 순간 유정은 경악을 금치 못했다.

〈『맹수의 도시』 제8권에서 계속〉

WILD BEAST City
맹수의 도시

1판 1쇄 찍음 2014년 6월 23일
1판 1쇄 펴냄 2014년 6월 26일

지은이 | 동 은
펴낸이 | 정 필
펴낸곳 | 도서출판 뿔미디어

편집장 | 이재권
기획 · 편집 | 윤영상

출판등록 | 2002년 9월 11일 (제081-1-132호)
주소 | 경기도 부천시 원미구 상동로 117번길 49(상동) 503호 (우)420-861
전화 | 032)651-6513 / 팩스 032)651-6094
E-mail | bbulmedia@hanmail.net
홈페이지 | http://bbulmedia.com

값 8,000원

ISBN 979-11-315-2514-2 04810
ISBN 978-89-6775-985-8 04810 (세트)

www.bbulmedia.com